W9-CRU-632

EL HOMBRE

QUE CAYÓ

EN LA TIERRA

WALTER TEVIS

Traducción de José María Aroca

CONTRA

The Man Who Fell to Earth
© 1963, Walter Tevis, renovado por Eleanora Tevis en 1991.
Todos los derechos reservados, incluido el de reproducción total o parcial.
Publicado según acuerdo entre The Walter Tevis Copyright Trust y Susan Schulman Literary Agency,
a través de ACER.

Dirección editorial: Didac Aparicio y Eduard Sancho
Traducción: José María Aroca
Diseño y maquetación: Emma Camacho

Primera edición: Septiembre de 2016
© 2016, Contraediciones, S.L.
Psje. Fontanelles, 6, bajos 2ª
08017 Barcelona
contra@contraediciones.com
www.editorialcontra.com

© José María Aroca, de la traducción cedida por Editorial Acervo, S.L.
En sobrecubierta y cubierta, fotogramas del film de Nicolas Roeg de 1976 protagonizado
por David Bowie *El hombre que cayó en la tierra*.

ISBN: 978-84-945612-1-4
Depósito Legal: DL B 15.489-2016
Impreso en España por Liberdúplex

Queda prohibida, salvo excepción prevista en la ley, cualquier forma de reproducción, distribución,
comunicación pública y transformación de esta obra sin contar con la autorización de los titulares de
la propiedad intelectual. La infracción de los derechos mencionados puede ser constitutiva de delito
contra la propiedad intelectual.

Para Jamie,
que conoce Anthea mejor que yo.

Y así ingresé en el mundo quebrantado
Para buscar la visionaria compañía del amor, su voz
Un instante al viento (lanzado después no sé dónde)
Pero sin aferrarse mucho tiempo a cada elección desesperada.
HART CRANE

1985:
EL DESCENSO
DE ÍCARO

1

Después de recorrer tres kilómetros llegó a una población. En un extremo de la población había un letrero que decía: HANEYVILLE, 1.400 HAB. Eso estaba bien, un tamaño apropiado. Era una hora muy temprana —había escogido la mañana para la caminata de tres kilómetros porque hacía más fresco— y no había nadie en las calles. Anduvo varias manzanas a la leve claridad, desconcertado, tenso y un poco asustado. Trataba de no pensar en lo que iba a hacer. Había pensado ya bastante en ello.

En el pequeño barrio comercial encontró lo que necesitaba, una pequeña tienda llamada El Joyero. En una esquina cercana había un banco verde de madera, y hasta allí fue y se sentó, con el cuerpo dolorido por la larga caminata.

Al cabo de unos minutos vio a un ser humano.

Era una mujer, una mujer de aspecto cansado que llevaba un vestido azul sin forma y arrastraba los pies al andar. Apartó rápidamente sus ojos, asombrado. Había esperado que fueran de un tamaño aproximado al suyo, pero este era de una estatura inferior a la suya en más de una cabeza. Su tez era más rubicunda de lo que había esperado, y más morena. Y la apariencia, la *sensación*, era rara, a pesar de que sabía que verles no sería lo mismo que contemplarles en la televisión.

Al rato, aparecieron más personas en la calle, y todas eran, a grandes rasgos, iguales que la primera. Oyó que un hombre comentaba, al pasar: «... siempre lo he dicho, ya no fabrican automóviles como ese», y aunque la enunciación era distinta, menos clara de lo que había esperado, pudo entender al hombre sin dificultad.

Varias personas le miraron, algunas de ellas suspicazmente; pero esto no le preocupó. No esperaba ser molestado, y después de observar a los otros estaba seguro de que sus ropas no llamarían la atención.

Cuando la joyería abrió sus puertas, esperó durante diez minutos y luego entró en ella. Había un hombre detrás del mostrador, un hombre bajito y rechoncho con camisa blanca y corbata, quitando el polvo de las estanterías. El hombre interrumpió su tarea, le miró con cierta expresión de extrañeza y dijo:

—¿Qué desea, señor?

Se sintió torpe, desmañado, y súbitamente muy asustado. Abrió la boca para hablar. No salió nada. Trató de sonreír, y su rostro pareció congelarse. Notó un principio de pánico en su interior, y por un instante pensó que iba a desmayarse.

El hombre seguía mirándole, y su expresión no parecía haber cambiado.

—¿Qué desea, señor? —repitió.

Con un gran esfuerzo consiguió hablar.

—Yo... me... me preguntaba si podría interesarle a usted este... anillo.

¿Cuántas veces se había repetido a sí mismo aquella frase inocua? Sin embargo, ahora resonaba extrañamente en sus oídos; como un absurdo grupo de sílabas sin sentido.

El otro hombre seguía mirándole.

—¿Qué anillo? —dijo.

—Oh. —Logró sonreír. Deslizó el dorado anillo del dedo de su mano izquierda y lo dejó sobre el mostrador, temiendo tocar la mano del hombre—. Yo... viajaba en automóvil y tuve una avería a unos kilómetros de aquí. No llevo dinero encima y pensé que quizá podría vender mi anillo. Es una joya muy buena.

El hombre estaba haciendo girar el anillo entre sus dedos, mirándolo con aire suspicaz. Finalmente dijo:

—¿Dónde lo ha conseguido?

Lo dijo de una manera que le dejó sin respiración. ¿Era posible que hubiera fallado algo? ¿El color del oro? ¿La pureza del diamante? Intentó sonreír de nuevo.

—Me lo regaló mi esposa. Hace varios años.

El hombre le miró con el ceño fruncido.

—¿Cómo puedo saber que no es robado?

—¡Oh! —La sensación de alivio fue exquisita—. Mi nombre está grabado en el anillo. —Extrajo su billetera de un bolsillo—. Y puedo identificarme. —Sacó el pasaporte y lo dejó sobre el mostrador.

El hombre examinó el anillo y leyó en voz alta: «T. J. de Marie Newton, Aniversario, 1968»; y luego: «18 K.» Dejó el anillo, tomó el pasaporte y lo hojeó.

—¿Inglaterra?

—Sí. Trabajo como intérprete en las Naciones Unidas. Este es mi primer viaje aquí. Estoy visitando el país.

—Mmm —murmuró el hombre, volviendo a mirar el pasaporte—. Ya me pareció que hablaba usted con acento. —Cuando encontró la fotografía leyó el nombre—. Thomas Jerome Newton. —Y luego, alzando de nuevo la mirada—. No cabe duda de que el anillo le pertenece, desde luego.

Esta vez, la sonrisa resultó más relajada, más sincera, aunque seguía sintiéndose aturdido, raro... con el enorme peso de su propio cuerpo debido a la diferente gravedad de este lugar. Pero logró decir en tono amable:

—Bueno, ¿le interesaría comprar el anillo...?

Le dio sesenta dólares por él, y supo que lo habían estafado. Pero lo que ahora tenía valía para él más que el anillo, más que los centenares de anillos iguales que llevaba encima. Ahora había adquirido un poco de confianza, y tenía dinero.

Con una parte del dinero compró doscientos gramos de tocino, seis huevos, pan, patatas, algunas verduras: cuatro kilos de comida en total, todo lo que podía acarrear. Su presencia despertaba cierta curiosidad, pero nadie le hizo preguntas, y él no dio respuestas espontáneamente. Aunque ello no hubiera cambiado las cosas: no volvería nunca a aquella población de Kentucky.

Cuando salió del pueblo se sintió bastante bien, a pesar de todo el peso y del dolor en sus articulaciones y en su espalda, ya que había controlado el primer paso, se había puesto en marcha y ahora poseía su primer dinero norteamericano. Pero cuando hubo recorrido un kilómetro, andando a través de un campo yermo hacia las bajas colinas donde estaba su campamento, le asaltó súbitamente la abrumadora impresión de todo aquello —el largo viaje, el peligro, el dolor y la preocupación en su cuerpo—, y se dejó caer al suelo y permaneció allí, con el cuerpo y la mente llorando contra la violencia que ejercía sobre ellos la Tierra, el más raro, desconocido y extranjero de todos los lugares.

Estaba enfermo; enfermo del largo y peligroso viaje que había emprendido, enfermo de todos los medicamentos —las píldoras, las vacunas, los gases inhalados—, enfermo de preocupación, anticipando la crisis, y terriblemente enfermo de la espantosa carga de su propio peso. Había sabido durante años enteros que, cuando llegara el momento, cuando finalmente aterrizara y empezara a poner en práctica aquel complicado y superestudiado plan, experimentaría lo que estaba experimentando. Sin embargo, este lugar, a pesar de lo mucho que lo había estudiado, a pesar de lo mucho que había ensayado el papel que iba a representar, se le aparecía como increíblemente ajeno a él. Y la sensación —ahora que *podía* sentir— resultaba abrumadora. Se tumbó en la hierba y se sintió muy enfermo.

No era un hombre; pero era muy parecido a un hombre. Medía un metro ochenta, y algunos hombres tienen una estatura incluso superior; su pelo era tan blanco como el de un albino, pero su rostro tenía un color ligeramente bronceado y sus ojos eran de un azul pálido. Su esqueleto era improbablemente ligero, sus facciones delicadas, sus dedos largos, delgados, y la piel casi transparente, sin vello. Había algo de misterioso en su aniñado rostro, una agradable expresión juvenil en sus ojos grandes e inteligentes, y los rizados cabellos blancos crecían ahora un poco sobre sus orejas. Parecía muy joven.

Existían otras diferencias, también: sus uñas, por ejemplo, eran artificiales, ya que por naturaleza carecía de ellas. Solo tenía cuatro dedos en cada uno de sus pies; no tenía apéndice vermiforme y tampoco muela del juicio. El hipo era algo desconocido para él, ya que su diafragma, lo mismo que el resto de su aparato respiratorio, era sumamente robusto y estaba muy desarrollado. La expansión de su tórax habría sido de unos doce centímetros. Pesaba muy poco, unos cuarenta y cinco kilos.

Pero tenía pestañas, cejas, pulgares opuestos, visión binocular y un millar de las características fisiológicas de un humano normal. Era inmune a las verrugas, pero podían afectarle la úlcera de estómago, el sarampión y la caries dental. Era humano, pero no propiamente un *hombre*. También, como el hombre, era susceptible al amor, al miedo, al intenso dolor físico y a la compasión de sí mismo.

Al cabo de media hora se sintió mejor. Su estómago temblaba todavía, y tenía la impresión de que no podría levantar la cabeza, pero experimentaba la sensación de que la primera crisis había pasado, y empezó a mirar más objetivamente al mundo que le rodeaba. Se incorporó y tendió su mirada a través del campo en el que se encontraba. Era un terreno llano, de pastos, con pequeñas zonas de hierba de color oscuro, de artemisa, y parches de nieve rehelada y cristalina. El aire era muy limpio y el cielo estaba encapotado, de modo que la luz era difusa y suave y no lastimaba a sus ojos como lo había hecho la radiante luz solar dos días antes. Había una pequeña casa y un establo al otro lado de un grupo de árboles oscuros y desnudos que bordeaban una balsa. Podía ver el agua de la balsa a través de los árboles, y el espectáculo le hizo contener la respiración, ya que había mucha agua. La había visto en cantidades semejantes en los dos días que llevaba en la Tierra, pero aún no estaba acostumbrado. Era otra de aquellas cosas que había esperado encontrar pero cuya vista seguía impresionándole. Desde que era niño había oído hablar de los grandes océanos, de los lagos y de los ríos; pero ver semejante cantidad de agua en una sola balsa era un espectáculo que le dejaba sin respiración.

Empezó a percibir también un tipo de belleza en lo extraño del campo. Era completamente distinto de lo que le habían enseñado a esperar —igual, como ya había descubierto, que muchas de las cosas de este mundo—, pero ahora encontraba placer en sus raros colores y texturas, en sus diversos aspectos y olores. Y también en sus sonidos; ya que sus oídos eran muy agudos y captaba muchos ruidos extraños y agradables en la hierba, los roces y chasquidos de los insectos que habían sobrevivido a los fríos tempranos de principios de noviembre; e incluso, con su cabeza ahora contra el suelo, los muy pequeños y sutiles murmullos en la misma tierra.

Súbitamente se produjo un revoloteo en el aire, un batir de alas negras, luego una ronca y lastimera llamada, y una docena de cuervos volaron a través del campo y se alejaron. El antheano los contempló hasta que se perdieron de vista, y luego sonrió. Este sería, después de todo, un mundo agradable...

Su campamento se encontraba en un paraje aislado, cuidadosamente elegido: una mina de carbón abandonada en el Kentucky oriental. En varios kilómetros a la redonda solo había terreno árido, pequeños rodales de pálida retama y algunas excrecencias de roca fuliginosa. Cerca de uno de aquellos afloramientos geológicos había plantado su tienda, apenas visible contra el fondo de roca. La tienda era gris y parecía fabricada con tela asargada de algodón.

Estaba al borde de la extenuación cuando llegó allí, y tuvo que reposar unos minutos antes de abrir la bolsa y sacar la comida. Lo hizo cuidadosamente, poniéndose unos finos guantes para coger los paquetes y depositarlos sobre una mesita plegable. De debajo de la mesa sacó unos cuantos instrumentos y los dejó al lado de las cosas que había comprado en Haneyville. Contempló por unos instantes los huevos, patatas, apios, rábanos, arroz, judías, salchichas y zanahorias. Luego sonrió para sí mismo. La comida parecía inofensiva.

Después tomó uno de los pequeños instrumentos metálicos, insertó uno de sus extremos en una patata e inició el análisis cualitativo...

Tres horas más tarde se comió las zanahorias, crudas, y dio un bocado a uno de los rábanos, que produjo una especie de quemazón en la lengua. La comida era buena: sumamente rara, pero buena. Luego encendió una fogata e hirvió los huevos y las patatas. Enterró las salchichas, tras haber encontrado en ellas algunos aminoácidos que no fue capaz de identificar. Pero no había ningún peligro para él, a excepción de las omnipresentes bacterias, en los otros alimentos.

Eran tal como ellos habían esperado. Encontró deliciosas las patatas, a pesar de todos los hidratos de carbono.

Estaba muy cansado. Pero antes de acostarse salió al exterior para echar una ojeada al lugar en el que había destruido el motor y los instrumentos de su aeronave monoplaza dos días antes, su primer día en la Tierra.

2

La música era el *Quinteto para clarinete en la mayor* de Mozart. Inmediatamente antes del *allegretto* final, Farnsworth ajustó los bajos en cada uno de los preamplificadores y aumentó ligeramente el volumen. Luego se dejó caer de nuevo en el sillón de cuero. Le gustaba el *allegretto* con los bajos destacando; le daban al clarinete una resonancia que, en sí misma, parecía contener algún tipo de significado. Fijó la mirada en la cortina de la ventana que daba a la Quinta Avenida; entrecruzó sus rechonchos dedos y escuchó la música.

Cuando terminó y la cinta se paró automáticamente, Farnsworth miró hacia el umbral de la puerta que conducía a la oficina exterior y vio que la doncella estaba allí de pie, esperando pacientemente. Consultó el reloj de porcelana colgado encima de la repisa de la chimenea y frunció el ceño. Luego miró a la doncella y dijo:

—¿Sí?

—Un tal señor Newton está aquí, señor.

—¿Newton? —Farnsworth no conocía a ningún Newton adinerado—. ¿Qué es lo que quiere?

—No lo ha dicho, señor —dijo la doncella. Luego enarcó ligeramente una ceja—. Es un poco raro, señor. Y parece muy... importante.

Farnsworth meditó unos instantes, y luego dijo:

—Hazle pasar.

La doncella estaba en lo cierto: el hombre era muy raro. Alto, delgado, con el cabello blanco y una fina y delicada estructura ósea. Tenía la piel lisa y un rostro infantil... pero los ojos eran muy extraños, como si fueran débiles, supersensibles, y, sin embargo, con una expresión que era vieja y sabia y cansada. El hombre llevaba un elegante traje de color gris oscuro. Se encaminó hacia un sillón y se sentó cuidadosamente... como si transportara una gran cantidad de peso. Luego miró a Farnsworth y sonrió.

—¿Oliver Farnsworth?

—¿Quiere beber algo, señor Newton?

—Un vaso de agua, por favor.

Farnsworth se encogió de hombros mentalmente y transmitió la orden a la doncella. Luego, cuando ella se hubo marchado, miró a su huésped y se inclinó ligeramente hacia adelante con aquel gesto universal que significa «vamos al grano».

Sin embargo, Newton continuó sentado muy erguido, con sus largas y delgadas manos plegadas en su regazo, y dijo:

—Tengo entendido que es usted muy bueno en asuntos de patentes.

Había un rastro de acento en su voz, y su pronunciación era demasiado precisa, demasiado formal. Farnsworth no pudo identificar el acento.

—Sí —dijo, y añadió con cierta brusquedad—: Tengo horas de oficina, señor Newton.

Newton no pareció haberlo oído. Su tono era amable, cálido.

—En realidad tengo entendido que es usted el mejor en asuntos de patentes de toda Norteamérica. Y también que cobra usted una fortuna.

—Sí. Soy bueno.

—Estupendo —dijo el otro. Alargó una mano hacia un lado de su sillón y levantó su portafolios.

—¿Y qué desea usted? —Farnsworth consultó de nuevo su reloj.

—Me gustaría planear algunas cosas con usted. —El hombre alto estaba sacando un sobre de su portafolios.

—¿No es un poco tarde?

Newton había abierto el sobre, del cual extrajo un pequeño fajo de billetes. Alzó la mirada y volvió a sonreír.

—¿Sería usted tan amable de acercarse a recoger estos billetes? A mí desplazarme me resulta muy pesado. Mis piernas.

De mala gana, Farnsworth se levantó de su sillón, se acercó al hombre alto, tomó el dinero, retrocedió y se sentó. Los billetes eran de mil dólares.

—Son diez en total —dijo Newton.

—Se está mostrando usted un poco melodramático, ¿no le parece? —Se guardó el fajo en el bolsillo de su bata—. ¿Qué va a pedirme a cambio de este dinero?

—Toda su atención durante unas tres horas de esta noche —dijo Newton.

—Pero ¿por qué tiene que ser precisamente de noche?

El otro se encogió de hombros despreocupadamente.

—Oh, por varios motivos. La privacidad es uno de ellos.

—Podría haber conseguido usted que le escuchara por menos de diez mil dólares.

—Sí, pero también deseaba impresionarle con la... importancia de nuestra conversación.

—Bien —Farnsworth se retrepó en su asiento—. Conversemos.

El hombre delgado pareció relajarse, pero no se reclinó hacia atrás.

—En primer lugar —dijo—, ¿cuánto dinero gana usted en un año, señor Farnsworth?

—No soy un asalariado.

—Comprendo. ¿Cuánto dinero ganó usted el año pasado?

—De acuerdo. Me ha pagado usted para que conteste a sus preguntas. Alrededor de ciento cuarenta mil.

—Bien. En consecuencia, es usted un hombre rico.

—Sí.

—Pero le gustaría tener más dinero.

La situación se estaba volviendo absurda. Era como un mal programa de televisión. Pero el otro hombre pagaba; era mejor seguirle la corriente. Sacó un cigarrillo de un estuche de cuero y dijo:

—Desde luego que me gustaría tener más.

Esta vez, Newton se inclinó un poco hacia adelante.

—¿Muchísimo más, señor Farnsworth? —dijo, sonriendo, empezando a disfrutar enormemente con la situación.

Esto también era televisión, desde luego, pero Farnsworth siguió adelante.

—Sí —dijo; y luego—: ¿Un cigarrillo? —Ofreció el estuche de cuero a su huésped.

Ignorando la invitación, el hombre de cabellos blancos y rizados dijo:

—Puedo hacerle a usted muy rico, señor Farnsworth, si puede usted dedicarme por entero los próximos cinco años.

Farnsworth mantuvo su rostro inexpresivo, encendió el cigarrillo mientras su cerebro trabajaba rápidamente, analizando cada uno de los detalles de aquella extraña entrevista, intrigado por la situación, con la leve posibilidad de que la oferta de aquel hombre fuese cuerda. Lo cierto era que el hombre, por extravagante que pudiera parecer, tenía dinero. Lo más juicioso sería seguirle la corriente, de momento. La doncella entró portando una bandeja de plata con vasos y cubitos de hielo.

Newton tomó su vaso de agua de la bandeja cautelosamente, y luego lo sostuvo en alto con una mano mientras sacaba un tubo de aspirinas de su bolsillo con la otra, lo abría con el pulgar y dejaba caer uno de los comprimidos en el agua. El comprimido se disolvió, blanco y turbio. Newton contempló el vaso por unos instantes y luego empezó a sorber el agua, con exagerada lentitud.

Farnsworth era abogado: se le escapaban pocos detalles. Inmediatamente vio que había algo raro en el tubo de aspirinas. Era un objeto corriente, sin duda un tubo de Aspirina Bayer; pero había en él algo anormal. Tan anormal como la manera de beber de Newton, sorbiendo el agua lentamente, procurando no verter ni una sola gota... como si fuera algo muy valioso. Y el agua se había enturbiado con una sola aspirina; no parecía normal, tampoco. Tendría que hacer la prueba con una aspirina más tarde, cuando el hombre se hubiera marchado, y ver lo que ocurría.

Antes de que la doncella se marchara, Newton le pidió que le llevara su portafolios a Farnsworth. Cuando la muchacha hubo cerrado la puerta detrás de ella, Newton tomó un último sorbo de agua y depositó el vaso, casi lleno aún, sobre la mesa, a su lado.

—En el portafolios hay algunas cosas que me gustaría que leyera.

Farnsworth abrió la cartera, encontró un grueso fajo de papeles y los sacó, dejándolos sobre su regazo. El papel, observó inmediatamente, tenía un tacto poco corriente. Sumamente delgado, era duro y al mismo tiempo flexible. La hoja de la parte superior contenía fórmulas químicas claramente impresas con tinta de color azulado. Hojeó el resto: diagramas de circuitos, planos y dibujos esquemáticos de lo que parecía ser el equipo para una fábrica. Herramientas y troqueles. A simple vista, algunas de las fórmulas resultaban familiares. Alzó la mirada.

—¿Electrónica?

—Sí. En parte. ¿Está familiarizado con esta clase de equipo?

Farnsworth no contestó. Si el otro hombre sabía algo de él, no podía ignorar que había librado media docena de batallas, como jefe de un grupo de casi cuarenta abogados, en nombre de una de las mayores empresas del mundo en el campo de la electrónica. Empezó a leer los papeles...

Newton permaneció erguido en su asiento, mirando a Farnsworth, con sus blancos cabellos brillando a la luz del candelabro. Estaba sonriendo; pero le dolía todo el cuerpo. Al cabo de un rato tomó su vaso y empezó a sorber el agua que a lo largo de su vida había sido la más valiosa de las cosas en su hogar. Sorbió lentamente y observó a Farnsworth mientras leía, y la tensión que había experimentado, la cuidadosamente disimulada ansiedad que esta oficina completamente extraña en este mundo todavía extraño le había producido, el miedo que este humano gordo, con su gran papada, su rapada cabeza y sus ojos pequeños y porcinos, le había dado, empezaban a abandonarle. Ahora sabía que tenía a su hombre; había venido al lugar indicado...

Transcurrieron más de dos horas antes de que Farnsworth alzara la mirada de los papeles. Durante ese tiempo se bebió tres vasos de whisky. Sus ojos estaban sonrosados en las comisuras. Parpadeó a Newton, al principio sin apenas verle y luego centrando en él la mirada.

—¿Y bien? —dijo Newton, sonriendo.

El hombre gordo respiró profundamente y luego sacudió la cabeza como tratando de aclarar sus ideas. Cuando habló, su voz era suave, vacilante, sumamente cautelosa.

—No los entiendo todos —dijo—. Solo unos cuantos. Unos cuantos. No entiendo de óptica... ni de película fotográfica... —Miró los papeles que tenía en la mano, como para asegurarse de que seguían estando allí—. Yo soy abogado, señor Newton —dijo—. Soy abogado. —Y entonces su voz adquirió súbitamente vida, temblorosa y recia, al tiempo que su voluminoso cuerpo y sus ojos diminutos parecían tensarse en actitud de alerta—. Pero entiendo de electrónica. Y entiendo de pigmentos. Creo que entiendo su... amplificador, y creo que entiendo su televisor, y... —Hizo una breve pausa, parpadeando— Dios mío, creo que podrían fabricarse tal como usted dice. —Dejó escapar su respiración, lentamente—. Parecen convincentes, señor Newton. Creo que funcionarán.

Newton no había dejado de sonreír.

—Funcionarán —afirmó—. Todos ellos.

Farnsworth tomó un cigarrillo y lo encendió, tranquilizándose a sí mismo.

—Tengo que revisarlos. Los metales, los circuitos... —Y luego, súbitamente, interrumpiéndose a sí mismo, con el cigarrillo sujeto entre sus rechonchos dedos—: Dios mío, ¿sabe lo que significa todo esto? ¿Sabe que tiene usted aquí nueve patentes básicas? Sí, he dicho *básicas*. —Levantó un papel con una mano regordeta—. Aquí, solo en el transmisor de video y en ese pequeño rectificador. Y... ¿sabe lo que significa eso?

La expresión de Newton no cambió.

—Sí. Sé lo que significa —dijo.

Farnsworth dio una lenta calada a su cigarrillo.

—Si está usted en lo cierto, señor Newton —dijo con voz que empezaba a ser más tranquila—, si está usted en lo cierto, puede acabar con RCA, con Eastman Kodak. Dios mío, puede acabar con DuPont. ¿Sabe usted lo que tiene aquí?

Newton le miró sin parpadear.

—Sé lo que tengo aquí —dijo.

Tardaron seis horas en llegar a la casa de campo de Farnsworth. Al principio, Newton trató de mantener viva su conversación, apoyándose contra la esquina del asiento posterior del automóvil, pero las pesadas aceleraciones del vehículo resultaban demasiado dolorosas para su cuerpo, sobrecargado ya con el tirón de una gravitación a la cual sabía que tardaría años en adaptarse, y se vio obligado a decirle al abogado que estaba muy cansado y necesitaba descansar. Entonces cerró los ojos, dejó que el almohadillado respaldo del asiento soportara su peso en el mayor grado posible y resistió el dolor lo mejor que pudo. En el interior del automóvil el aire era también muy caliente para él: la temperatura que hacía en su hogar natal cuando hacía mucho calor.

Más tarde, a medida que se acercaban al perímetro exterior de la ciudad, la marcha del automóvil fue haciéndose más regular, y las dolorosas sacudidas de parada y arranque empezaron a remitir. Newton miró unas cuantas veces a Farnsworth. El abogado no dormitaba. Estaba sentado con los codos sobre las rodillas, hojeando todavía los papeles que Newton le había dado, con un intenso brillo en sus pequeños ojos.

La casa era un lugar inmenso, aislado en una gran zona boscosa. El edificio y los árboles parecían estar humedecidos y resplandecían levemente a la grisácea luz matinal, muy parecida a la luz del mediodía de Anthea. Resultaba reconfortante para sus ojos supersensibles. Le gustaban los bosques, la silenciosa sensación de vida que se desprendía de ellos, y la resplandeciente humedad... la sensación de agua y de fertilidad que producía esta tierra, con el continuo zumbar y chirriar de los insectos. Sería una interminable fuente de deleite comparada con su propio mundo, con la aridez, el vacío, el silencio de los vastos desiertos entre las casi desiertas ciudades donde el único sonido era el del frío y gimoteante viento voceando la agonía de su propio pueblo moribundo...

Un criado de ojos soñolientos, en albornoz, les recibió en la puerta. Farnsworth le despidió encargándole que preparara café, y luego le gritó mientras se marchaba que preparara también una habitación para su huésped, y que no recibiría ninguna llamada telefónica al menos durante tres días. Luego condujo a Newton a la biblioteca.

La estancia era muy grande y estaba decorada más lujosamente aún que el estudio del apartamento de Nueva York. Era evidente que Farnsworth leía las mejores revistas para hombres ricos. En el centro de la habitación había una estatua de una mujer desnuda sosteniendo una complicada lira. Dos de las paredes estaban cubiertas de estanterías llenas de libros, y en la tercera había una gran pintura de una figura religiosa que Newton reconoció como Jesús, clavado a una cruz de madera. Por un instante, el rostro del cuadro le sobresaltó: con su delgadez y sus grandes y penetrantes ojos podría haber sido el rostro de un antheano.

Luego miró a Farnsworth, el cual, aunque con ojos cansados, mostraba ahora menos excitación, reclinado hacia atrás en su sillón, con sus pequeñas manos entrecruzadas sobre su vientre, mirando a su huésped. Sus ojos se encontraron durante un embarazoso momento, y el abogado apartó los suyos.

Luego, al cabo de unos instantes, volvió a fijarlos en Newton y dijo sobriamente:

—Bueno, señor Newton, ¿cuáles son sus planes?

Newton sonrió.

—Son muy simples. Quiero ganar la mayor cantidad de dinero posible. Cuanto más rápido, mejor.

El rostro del abogado permaneció inexpresivo, pero había cierta ironía en el tono de su voz cuando dijo:

—¿En cuánto dinero está usted pensando?

Newton contempló distraídamente los caros *objets d'art* de la habitación.

—¿Cuánto podemos ganar en, digamos, cinco años?

Farnsworth le miró en silencio unos instantes y luego se puso en pie. Se dirigió con aire cansado hacia una de las estanterías y empezó a hacer girar unos pequeños botones hasta que unos altavoces, ocultos en alguna parte de la habitación, empezaron a emitir música de violines. Newton no reconoció la melodía; pero era suave y complicada. Luego, ajustando los mandos, Farnsworth dijo:

—Eso depende de dos cosas.

—¿Sí?

—En primer lugar, ¿hasta qué punto quiere usted jugar limpio, señor Newton?

Newton volvió a concentrar su atención en Farnsworth.

—Absolutamente —dijo—. Dentro de la más estricta legalidad.

—Comprendo. —Farnsworth seguía manipulando los controles, que al parecer no lograba ajustar a su gusto—. Bien, pasemos al punto siguiente: ¿cuál será mi parte?

—El diez por ciento de los beneficios netos. El cinco por ciento de todas las acciones.

Bruscamente, Farnsworth apartó sus dedos de los controles del amplificador. Regresó lentamente a su butaca. Luego sonrió débilmente.

—De acuerdo, señor Newton —dijo—. Creo que puedo proporcionarle unas ganancias netas de... trescientos millones de dólares en cinco años.

Newton meditó unos instantes. Luego dijo:

—No es suficiente.

Farnsworth le miró fijamente largo rato, con las cejas enarcadas, antes de decir:

—¿No es suficiente *para qué*, señor Newton?

Los ojos de Newton se endurecieron.

—Para un... proyecto de investigación. Un proyecto muy caro.

—No es preciso que me lo jure.

—Supongamos —dijo el hombre alto— que yo pudiera proporcionarle un sistema de refinado de petróleo alrededor de un quince por ciento más eficaz que el que ahora se utiliza... ¿Haría eso ascender su cifra a quinientos millones?

—¿Podría funcionar su... sistema dentro de un año?

Newton asintió.

—Dentro de un año podría superar la producción de la Standard Oil Company... a la cual, supongo, podríamos licenciárselo.

Farnsworth volvió a mirarle en silencio. Finalmente dijo:

—Mañana empezaremos a redactar los documentos.

—Bien —Newton se levantó rígidamente de su butaca—.

Entonces podremos hablar con más detalle de las condiciones. En realidad, solo hay dos extremos importantes: que usted consiga el dinero honradamente, y que yo tenga que establecer pocos contactos con alguien que no sea usted.

Su habitación estaba en el primer piso, y por un momento pensó que no sería capaz de subir la escalera. Pero lo hizo, peldaño a peldaño, mientras Farnsworth subía a su lado, sin decir nada. Luego, después de haberle mostrado su habitación, el abogado le miró y dijo:

—Es usted un hombre poco corriente, señor Newton. ¿Puedo preguntarle de dónde procede?

La pregunta le pilló por sorpresa, pero el señor Newton conservó la serenidad.

—Desde luego —dijo—. Procedo de Kentucky, señor Farnsworth.

Aunque muy ligeramente, el abogado enarcó las cejas.

—Comprendo —dijo. Luego dio media vuelta y se alejó. El eco de sus pasos sobre el suelo de mármol resonó largamente...

Su habitación era de techo muy alto y estaba lujosamente amueblada. Vio un televisor instalado en la pared de modo que pudiera ser contemplado desde la cama, y sonrió cansadamente: tendría que mirarlo alguna vez, para comparar su recepción con la de Anthea. Sería divertido ver de nuevo algunos de los programas. Siempre le habían gustado las películas del oeste, aunque los concursos y los programas «educativos» de los domingos habían proporcionado a su equipo antheano la mayor parte de la información que él había memorizado. No había visto un programa de televisión desde hacía... ¿cuánto había durado el viaje?... cuatro meses. Y estaba en la Tierra desde hacía dos meses: reuniendo dinero, estudiando los gérmenes patógenos, estudiando los alimentos y el agua, perfeccionando su pronunciación, leyendo los periódicos, preparándose para la crucial entrevista con Farnsworth.

Miró a través de la ventana a la brillante luz de la mañana, el cielo de color azul pálido. En alguna parte de aquel cielo, posiblemente donde él estaba mirando, se encontraba Anthea. Un lugar frío, moribundo, pero un lugar que le inspiraba añoranza; un lugar en el que había personas a las que él amaba, personas a las que no veía durante mucho tiempo... Pero volvería a verlas.

Echó las cortinas de la ventana, y luego, suavemente, movió con cuidado su exhausto y dolorido cuerpo para tumbarse en la cama. Toda su excitación parecía haberse desvanecido, y se sentía plácido y tranquilo. Se durmió casi inmediatamente.

La luz del sol de la tarde le despertó, y aunque lastimó sus ojos con su resplandor —ya que las cortinas de la ventana eran translúcidas—, despertó sintiéndose descansado y alegre. Posiblemente era la blandura de la cama comparada con las que había ocupado en los hoteles de ínfima categoría en los que se había alojado, y posiblemente era también el alivio por el éxito de la noche anterior. Permaneció en la cama, pensando, durante varios minutos, y luego se levantó y se dirigió al cuarto de baño. Había una afeitadora eléctrica preparada para él, además de jabón y toallas. Newton sonrió: los antheanos no tenían barba. Abrió el grifo del lavabo y lo contempló unos instantes, fascinado como siempre al ver tanta agua. Luego se lavó la cara, sin utilizar el jabón —ya que irritaba su piel—, sino una crema de un tarro que llevaba en su portafolios. Después tomó sus píldoras de costumbre, se cambió de ropa y descendió a la planta baja para empezar a ganar quinientos millones de dólares...

Aquella noche, después de seis horas de hablar y de planificar, permaneció largo rato en el balcón de su habitación, gozando del aire fresco y contemplando el negro cielo. Las estrellas y los planetas tenían un raro aspecto, resplandeciendo en la pesada atmósfera, y disfrutó observándolos en unas posiciones que no le resultaban familiares. Pero tenía muy escasos conocimientos de astronomía, y las pautas eran confusas para él... a excepción de las de la Osa Mayor y unas cuantas constelaciones menores. Finalmente entró en su habitación. Hubiera sido agradable saber cuál era Anthea, pero Newton no podía saberlo...

3

Una tarde de primavera anormalmente calurosa, el profesor Nathan Bryce, subiendo la escalera hasta su apartamento en el cuarto piso, descubrió una cinta de fulminantes en el rellano del tercer piso. Recordando el estruendo de pistolas de fulminantes la tarde anterior, recogió la cinta con la intención de tirarla al retrete cuando llegara a su apartamento. Había tardado unos instantes en reconocer la pequeña cinta, ya que esta era de color amarillo. De niño, los fulminantes siempre habían sido rojos, de un peculiar tono herrumbroso que siempre había parecido el color apropiado para los fulminantes y los cohetes y ese tipo de cosas. Pero al parecer ahora los hacían amarillos, del mismo modo que hacían neveras de color rosa y vasos de aluminio amarillo, y otras maravillas igualmente incongruentes. El profesor continuó subiendo la escalera, sudando, pensando ahora en algunas de las sutilezas químicas que intervenían incluso en la fabricación de vasos de aluminio amarillos. Especuló que los hombres de las cavernas que bebían formando copa con sus encallecidas manos podrían habérselas arreglado perfectamente sin todos los complicados estudios de técnica química —aquel impío conocimiento sofisticado de la conducta molecular y de los procesos comerciales— que él, Nathan Bryce, había convertido en su medio de vida.

Cuando llegó a su apartamento había olvidado los fulminantes. Tenía demasiadas cosas en que pensar. Posado donde había estado durante las últimas seis semanas, a un lado de su gran escritorio de madera de roble, había un desordenado montón de papeles de estudiantes, horrible de contemplar. Cerca del escritorio había un anticuado radiador a vapor pintado de gris, un anacronismo en aquella época de calefacción eléctrica, y sobre su venerable armazón de hierro se erguía un desordenado y amenazador montón de cuadernos de notas de laboratorio estudiantiles. El montón era tan alto que la pequeña reproducción de Lasansky que colgaba encima del radiador estaba casi completamente tapada por él. Solo eran visibles dos ojos de pesados párpados: posiblemente los ojos de un aburrido dios de la ciencia, atisbando con muda angustia sobre informes de laboratorio. El profesor Bryce, siendo un hombre dado a un tipo muy peculiar de fantasía, pensó en esto. Observó también el hecho de que la pequeña reproducción —era el rostro barbudo de un hombre—, una de las pocas cosas de valor que había encontrado en tres años en esta ciudad del Medio Oeste, era ahora imposible de ver a causa del trabajo de sus alumnos; los de Bryce, por supuesto.

En el lado despejado de su escritorio se encontraba su máquina de escribir como otro dios mundano —un dios patán, vulgar, superexigente—, reteniendo aún la página diecisiete de un trabajo sobre los efectos de las radiaciones ionizantes sobre las resinas de poliéster, un trabajo no solicitado, desdeñado y que probablemente permanecería siempre inacabado. La mirada de Bryce se enfrentó con aquel tétrico desorden: las hojas de papel esparcidas como una derrumbada ciudad de casas de cartón, las interminables soluciones estudiantiles a ecuaciones de oxidación-reducción y de preparados industriales de ácidos horripilantes; el aburrido trabajo sobre las resinas de poliéster. Contempló aquellas cosas, con las manos en los bolsillos de su chaqueta, durante medio minuto, sumido en un profundo desaliento. Luego, dándose cuenta de que en la habitación hacía calor, se quitó la chaqueta, la tiró sobre el sofá con brocados dorados, introdujo una mano por debajo de su camisa para rascarse la tripa y se encaminó a la cocina para prepararse un poco de café. El fregadero estaba atestado de retortas, cubetas y jarritas sucias, junto con los platos del desayuno, uno de ellos manchado de yema de huevo. Contemplando aquella imposible confusión, estuvo a punto de gritar de desesperación; pero no lo hizo. Prolongó la contemplación unos instantes más y luego dijo, suavemente, en voz alta: «Bryce, eres un verdadero desastre».

Después encontró una cubeta razonablemente limpia, la enjuagó, la llenó con café soluble en polvo y agua caliente, removió la mezcla con un termómetro de laboratorio y se la bebió, mirando por encima de la cubeta la gran reproducción de *La caída de Ícaro* de Brueghel que colgaba en la pared encima del blanco hornillo. Un cuadro excelente. Era un cuadro que en otro tiempo había amado, pero al que ahora estaba simplemente acostumbrado. El placer que ahora le proporcionaba era meramente intelectual —le gustaban el color, las formas, las cosas que le gustan a un aficionado—, y sabía perfectamente que eso se suponía que era una mala señal, y además que la sensación tenía mucho que ver con el desdichado montón de papeles que rodeaba su escritorio en la habitación contigua. Terminando el café citó, con voz suave y ritualista, sin ninguna expresión ni sentimiento particulares, los versos del poema de Auden acerca del cuadro:

... la lujosa y delicada nave que debía haber visto
Algo asombroso, un muchacho cayendo del cielo,
Tenía que llegar a alguna parte y siguió navegando suavemente.

Dejó la cubeta, sin enjuagar, sobre el hornillo. Luego se remangó la camisa, se quitó la corbata y empezó a llenar el fregadero de agua caliente, contemplando cómo burbujeaba la espuma del detergente bajo la presión del grifo, semejante a un ser vivo multicelular, el ojo compuesto de un enorme insecto albino. Luego empezó a introducir cristalería a través de la espuma, en el agua caliente debajo de ella. Encontró el estropajo y empezó a trabajar...

Cuatro horas más tarde había reunido un pequeño fajo de calificaciones escolares, y empezó a hurgar en sus bolsillos en busca de una goma para sujetarlo. Entonces encontró la cinta de fulminantes. La sacó de su bolsillo, la sostuvo unos instantes en la palma de su mano y sonrió tontamente. No había disparado un fulminante desde hacía treinta años: desde que en alguna época de antigua y espinillosa inocencia había pasado de las pistolas de fulminantes y el *Jardín de versos para niños* al Juego de Química que le había regalado su abuelo como un estímulo directo del Destino. Súbitamente deseó tener una pistola de fulminantes; tenía la impresión de que aquí, en este apartamento vacío, sería maravilloso disparar los fulminantes, uno a uno. Y entonces recordó que, en cierta ocasión, Dios sabe cuántos años hacía, se había preguntado lo que pasaría si se prendía fuego a toda una cinta de fulminantes: una idea radical y deliciosa. Pero nunca lo había probado. Bueno, este era el mejor momento. Se puso en pie, sonriendo cansadamente, y se dirigió a la cocina. Colocó la cinta de fulminantes sobre una rejilla de alambre, colocó la rejilla sobre un velador de tres patas, vertió un poco de alcohol de una lámpara encima de ellos, murmurando pedantemente: «Ignición positiva», encendió un fósforo de madera y tocó cautelosamente los fulminantes. Quedó sorprendido y complacido por el resultado; esperando solamente una serie irregular de pequeños sonidos *phrrt* y un poco de humo gris, percibió, mientras la cinta danzaba locamente sobre la rejilla de alambre, una agradable confusión de ruidosos y satisfactorios *bangs*. Extrañamente, no se desprendió ningún humo del residuo negro. Bryce se inclinó y olfateó la pequeña masa ennegrecida que había quedado. No olía a nada. Aquello era muy raro. ¡Dios mío, pensó, qué aprisa ocurren las cosas! Algún otro pobre químico había encontrado ya un sucedáneo de la pólvora. Se preguntó brevemente qué podría ser, y luego se encogió de hombros. Quizá se ocupara de ello más adelante. Pero echaba de menos el olor de la pólvora: un olor acre y agradable. Consultó su reloj. Las siete y media. Más allá de las ventanas empezaba a oscurecer. Era la hora de la cena. Se dirigió al cuarto de baño, se lavó la cara y las manos, sacudiendo la cabeza ante la imagen ojerosa y gris que le devolvía el espejo. Luego recogió su chaqueta del sofá, se la puso y salió del apartamento. Vagamente, bajando la escalera, escrutó los peldaños en busca de otra cinta de fulminantes, pero no había ninguna.

Después de una hamburguesa y una taza de café decidió ir al cine. Había tenido una dura jornada: cuatro horas de trabajo de laboratorio, tres horas de clases, cuatro horas leyendo aquellos estúpidos papeles. Se dirigió a la parte baja de la ciudad, esperando encontrar un local en el que proyectaran una película de ciencia ficción: un film con dinosaurios resucitados vagando alrededor de Manhattan poseídos de infantil asombro, o invasores insectívoras procedentes de Marte, llegados para destruir el mundo entero a fin de poder comerse las cucarachas. Pero no había nada de eso en cartel, y Bryce se decidió por una película musical, comprando palomitas de maíz y caramelos antes de entrar en el oscuro local y buscar un asiento aislado junto al pasillo. Empezó comiéndose las palomitas, tratando de eliminar de su boca el sabor de la mostaza barata de la hamburguesa. Estaban proyectando un Noticiario y lo contempló sin gran interés, con el leve temor que tales cosas podían inspirarle. Desfilaron imágenes de manifestaciones en África. *¿Cuántos años hacía que había manifestaciones en África? ¿No habían sido continuas desde principios de los años sesenta?* Un político de la Costa de Oro pronunció un discurso amenazando con utilizar «armas tácticas de hidrógeno» contra algunos desgraciados «provocadores». Bryce se removió en su asiento, avergonzado de su profesión. Años antes, como estudiante graduado de brillante futuro, había trabajado una temporada en el proyecto de la primera bomba H. Y al igual que el pobre Oppenheimer, había tenido serias dudas incluso entonces. El Noticiario pasó a mostrar unas imágenes de emplazamientos de misiles a lo largo del río Congo, luego de lanzamientos de cohetes tripulados en Argentina, y finalmente de un desfile de modelos en Nueva York, con vestidos sin pechera para mujeres y pantalones con volantes para hombres. Pero Bryce no podía apartar de su mente a los africanos; aquellos serios jóvenes negros eran los nietos de los cenicientos y lúgubres grupos familiares de las *National Geographic*, hojeadas en innumerables consultorios médicos y en las salas de estar de respetables parientes. Recordaba los pechos caídos de las mujeres y los inevitables fulares rojos o pañuelos escarlata en todas las fotografías en color. Ahora, los descendientes de aquella gente vestían uniforme, iban a la universidad, bebían martinis y fabricaban sus propias bombas de hidrógeno.

La película musical se inició con un colorido chillón, como si quisiera borrar el recuerdo del Noticiario. Se llamaba *La historia de Shari Leslie*, y era aburrida y ruidosa. Bryce trató de perderse en aquella sinfonía de movimiento y color, pero no lo consiguió, y tuvo que limitar su atención a los erguidos senos y las largas piernas de las jóvenes de la película. Esto resultaba bastante distraído, pero era la clase de distracción que podía ser dolorosa, así como absurda, para un viudo de mediana edad. Nervioso por la ola de sensualidad que empezaba a envolverle, concentró su atención en la fotografía, y por primera vez se dio cuenta de que la calidad técnica de las imágenes era impresionante. La línea y el detalle, aunque proyectados en una enorme pantalla Dupliscope, aparecían tan definidos como en una copia de contacto. Parpadeó al verlo, y limpió sus gafas con su pañuelo. No cabía duda, las imágenes eran perfectas. Bryce tenía algunas nociones de fotoquímica: esta calidad no parecía posible con lo que él sabía sobre el sistema de color aditivo utilizado en ese tipo de películas. Se sorprendió a sí mismo silbando suavemente, asombrado, y contempló el resto de la película con mayor interés... algo que solo ocasionalmente le ocurría en un cine.

Más tarde, al salir del local, se paró un momento a mirar los anuncios de la película, para ver lo que podían decirle acerca del color. No le resultó difícil encontrarlo; los carteles estaban atravesados por una franja que decía: «en el nuevo y sensacional WORLDCOLOR». Sin embargo, no había nada más que esto, a excepción de la «R» rodeada por un círculo que significaba «marca registrada» y, debajo, en caracteres infinitesimales, «Registrada por W. E. Corp.». Buceó en su mente en busca de combinaciones que encajaran con las iniciales, pero las únicas que encontró, con la caprichosa extravagancia que le caracterizaba, eran absurdas: Wan Eagles, Wamsutta Enchiladas, Wealthy Engineers, Worldly Eros... Se encogió de hombros y, con las manos en los bolsillos de sus pantalones, echó a andar calle abajo, hacia el corazón de neón de la pequeña dudad universitaria.

Inquieto, un poco irritado, no deseando regresar a su casa para enfrentarse de nuevo con aquellos papeles, se encontró buscando una de las cervecerías frecuentadas por los estudiantes. Encontró una, una pequeña taberna llamada Henry's, con jarras de cerveza alemanas en el escaparate. Había estado allí antes, pero solo por la mañana. Este era uno de sus pocos vicios activos. Había descubierto, desde que su esposa murió hacía ocho años (en un hermoso hospital, con un tumor de un kilo en el estómago), que podían decirse muchas cosas en favor de beber por las mañanas. Había averiguado, por pura casualidad, que podía ser algo estupendo, en una mañana gris y desalentadora, una mañana de tiempo color ostra, emborracharse de un modo suave pero firme, convirtiendo la melancolía en un placer. Pero tenía que ser llevado a cabo con la precisión de un químico; en caso de error podían suceder cosas terribles. Había innumerables simas por las que uno podía despeñarse, y en los días grises acechaban siempre la compasión de sí mismo y el pesar, como ratones hambrientos, en la esquina de la borrachera matinal. Pero Bryce era un hombre juicioso, y entendía en la materia. Al igual que con la morfina, todo dependía de medir correctamente la dosis.

Abrió la puerta de Henry's y fue acogido por la reprimida agonía de una máquina de discos que dominaba el centro de la sala, latiendo con sonidos de bajo y luz roja, como un enfermo y frenético corazón. Entró, con aire inseguro, y anduvo entre hileras de reservados de plástico, normalmente vacíos y descoloridos por la mañana y ahora atestados de estudiantes. Algunos de ellos murmuraban ávidamente: la mayoría llevaban barba e iban convenientemente desaliñados... como los anarquistas del cine o los «agentes de una potencia extranjera» de las antiguas películas de los años treinta. ¿Y detrás de las barbas? ¿Poetas? ¿Revolucionarios? Uno de ellos, un alumno de su curso de Química Orgánica, escribía artículos para el periódico estudiantil sobre el amor libre y el «cadáver corrompido de la ética cristiana, polucionando los manantiales de la vida». Bryce le saludó con un gesto, y el muchacho le miró con aire turbado por encima de la descuidada barba. Jóvenes campesinos de Iowa y Nebraska la mayoría de ellos, firmando peticiones de desarme, hablando de socialismo. Por un instante se sintió desasosegado; un viejo y cansado bolchevique vistiendo un traje de lana entre la nueva clase.

Encontró un estrecho espacio en la barra y pidió un vaso de cerveza a una mujer de flequillo grisáceo y gafas de montura negra. Nunca la había visto allí; por las mañanas le servía un viejo taciturno y dispéptico llamado Arthur. ¿El marido de esta mujer? Le sonrió vagamente, mientras tomaba su cerveza. Se la bebió de prisa, sintiéndose incómodo, deseando marcharse. En la máquina de discos, ahora detrás de su cabeza, empezó a sonar una canción folk con un banjo marcando un ritmo metálico: «¡Oh, señorito, levanta la bala de algodón! ¡Oh señorito...!». A su lado en la barra, una muchacha, sin pecho debajo de la roja chaqueta de cuero de los «New Beats», le estaba hablando a una chica de ojos tristes de la «estructura» de la poesía y le preguntaba si el poema «funcionaba», un tipo de conversación que hizo estremecer a Bryce. ¿Qué puñeteros conocimientos podían tener aquellos chiquillos? Luego recordó la jerga que él mismo había utilizado durante su curso de especialización en inglés, cuando tenía poco más de veinte años: «niveles de significado», «el problema semántico», «el nivel simbólico». Bueno, había muchos sustitutivos del conocimiento y de la perspicacia: falsas metáforas en todas partes. Terminó su cerveza y, sin saber por qué, pidió otra, a pesar de que deseaba marcharse, escapar del ruido y de la pose. Pero ¿no estaba siendo injusto con aquellos muchachos, con su propia actitud pomposa? Los jóvenes siempre parecían insensatos, se dejaban engañar por las apariencias... como todo el mundo. Era preferible que se dejaran crecer la barba a que ingresaran en clubs de estudiantes o se convirtieran en polemistas. No tardarían en recobrar la cordura cuando salieran de la escuela, recién afeitados, y empezaran a buscar empleo. Siempre existía la posibilidad de que ellos —al menos algunos de ellos— permanecieran fieles al Dios Ezra Pound, no se afeitaran nunca la barba, se convirtieran en brillantes y estridentes Fascistas, Anarquistas, Socialistas, y murieran en ignoradas ciudades europeas, autores de excelentes poemas, pintores de significativos cuadros, hombres sin fortuna y con un nombre para el futuro. Terminó la cerveza y pidió otra. Mientras se la bebía, relampagueó a través de su mente la imagen del poster cinematográfico y la palabra gigantesca, y se le ocurrió que la «W» de «W. E. Corp.» podía corresponder a Worldcolor. O quizá a Mundo [*World*]. ¿Y la «E»? ¿*Eliminación*? ¿*Exhibicionismo*? ¿*Erotismo*? ¿O, sonrió sin alegría, simplemente *Exit*? Le dedicó una sonrisa llena de sabiduría a la muchacha de la chaqueta roja que estaba a su lado, que ahora hablaba de la «textura» del lenguaje. No podía tener más de dieciocho años. Ella le dirigió una mirada dubitativa, con sus oscuros ojos muy serios. Y entonces Bryce experimentó una sensación dolorosa; la chica era muy bonita. Dejó de sonreír, terminó rápidamente su cerveza y se marchó. Cuando pasó por delante del barbudo estudiante de Química Orgánica, el muchacho le dijo en tono muy cortés: «Hola, Profesor Bryce». Bryce asintió con la cabeza, murmuró un saludo, se dirigió a la puerta y salió a la cálida noche.

Eran las once, pero no tenía ganas de volver a casa. Por un momento pensó en llamar a Gelber, su único amigo íntimo en la facultad, pero decidió no hacerlo. Gelber era un hombre comprensivo; pero en aquel instante no parecía haber nada que decir. No quería hablar de sí mismo, de su miedo, de su lascivia barata, de su horrible y absurda vida. Siguió andando.

Poco antes de medianoche se detuvo en el único drugstore de la ciudad que permanecía abierto las veinticuatro horas del día; no había nadie, salvo un viejo empleado detrás del brillante mostrador de plástico. Bryce se sentó, pidió un café y, cuando sus ojos se acostumbraron al falso resplandor de las luces fluorescentes, empezó a mirar ociosamente en torno al mostrador, leyendo las etiquetas de los tubos de aspirina, material fotográfico, paquetes de hojas de afeitar... Fruncía los ojos y empezaba a dolerle la cabeza. La cerveza; la luz... Loción bronceadora y peines de bolsillo. Y luego algo captó su atención y la retuvo. Worldcolor: película de 35 mm, en una hilera de cajas azules y cuadradas, junto con los peines de bolsillo y debajo de una cartulina llena de cortaúñas. Le intrigó, sin saber por qué. El empleado estaba de pie cerca de él y, bruscamente, Bryce le dijo:

—Permítame ver esa película, por favor.

El empleado le miró con los ojos fruncidos —¿le molestaba también la luz?— y dijo:

—¿Qué película?

—La de color. Worldcolor.

—Oh. Yo no...

—Desde luego, me hago cargo. —Bryce se sorprendió del tono impaciente de su voz. No tenía la costumbre de interrumpir a la gente.

El viejo enarcó ligeramente las cejas y luego fue en busca de una de las cajas azules, arrastrando los pies. Después se sentó tras el mostrador delante de Bryce, con exagerada firmeza, sin decir nada.

Bryce tomó la caja y miró la etiqueta. Debajo de las letras grandes aparecía impreso, en caracteres más pequeños: «Una Película de Color sin Grano, Perfectamente Equilibrada». Y más abajo: «De 200 a 3.000 ASA, según el revelado».

¡Dios mío —pensó—. La sensibilidad no puede ser tan elevada. ¿Y además es variable?

Miró al empleado.

—¿Cuánto vale?

—Cuatro dólares. Esa es para treinta y seis fotografías. Las de veinte valen dos dólares setenta y cinco centavos.

Bryce sopesó la caja, que le pareció muy ligera en su mano.

—Es un poco cara, ¿no?

El empleado hizo una mueca, como si la conversación le aburriera.

—No es cara si tiene usted en cuenta que no hay que pagar el revelado.

—Oh, ya veo. El precio del carrete incluye el revelado. Se envía por correo...

Se interrumpió. Estaba diciendo tonterías. Alguien había inventado una nueva película. A él no le importaba: no era fotógrafo.

Después de una pausa, el empleado dijo:

—No. —Y luego, alejándose hacia la puerta—. Se revela sola.

—¿Cómo dice?

—Se revela sola. Bueno, ¿quiere comprar el carrete?

Sin contestar, Bryce hizo girar la caja entre sus manos. En cada una de las caras estaba impresa, en negrita, la palabra AUTORREVELADO. Y esto le impresionó. ¿Por qué no había leído nada acerca de esto en las revistas de química? Un nuevo procedimiento...

—Sí —dijo, distraídamente, mirando la etiqueta. Allí, en la parte inferior, figuraba la marca: «W. E. Corp.» —Sí, me lo quedo—. Sacó su cartera y le entregó al hombre cuatro arrugados billetes—. ¿Cómo funciona?

—Tiene que meterlo en la lata. —El hombre cogió el dinero. Pareció más tranquilo, menos truculento.

—¿Meterlo en la lata?

—En la pequeña lata que hay dentro. Hay que meter el carrete en la lata cuando se han tirado todas las fotografías. Luego se aprieta un pequeño botón que hay en la parte superior de la lata. Encontrará las instrucciones en el interior de la caja. Se aprieta el botón una vez, o más veces... según lo que ellos llaman «sensibilidad de la película». Dentro está la explicación.

—Oh. —Sin terminar su café, Bryce se puso en pie y guardó la caja en el bolsillo de su abrigo. Mientras se marchaba, le preguntó al empleado—: ¿Cuánto tiempo lleva este material en el mercado?

—¿La película? Dos o tres semanas. Es buena. Se vende mucho.

Bryce se dirigió directamente a su casa, interrogándose acerca de la película. ¿Cómo podía existir algo tan bueno, tan práctico? Distraídamente, sacó la caja de su bolsillo y la abrió con la uña de su dedo pulgar. Dentro había una lata de metal azul, con la parte superior enroscable y un botón rojo en la parte de arriba. Envuelto en una hoja de instrucciones había un cartucho de película de 35 mm de aspecto normal. En la parte superior de la lata, debajo del botón, había una pequeña rejilla. Bryce la tocó con la uña. Parecía de porcelana.

En casa, sacó una antigua cámara Argus de un cajón. Antes de cargarla, extrajo poco más de un palmo de película del cartucho, exponiéndolo a la luz, y luego lo arranco. Era áspero al tacto, sin la habitual textura pegajosa de una emulsión gelatinosa. A continuación, cargó el resto en la cámara y tomó rápidamente fotografías al azar de las paredes, del radiador, del montón de papeles de su escritorio, disparando con una velocidad de 800 bajo la escasa luz. Cuando terminó, reveló la película en la lata, apretando el botón ocho veces y abriéndola después, olfateando la lata mientras lo hacía. Surgió un gas azulado con un olor acre e inidentificable. No había ningún líquido en la lata. ¿Revelado gaseoso? Sacó la película del cartucho apresuradamente y, aproximándola a la luz, descubrió una serie de transparencias perfectas, todas con un excelente color natural.

Bryce silbó ruidosamente y exclamó en voz alta: «¡La hostia consagrada!». Luego tomo el trozo de película y las fotografías y se dirigió a la cocina con ellas. Allí empezó a preparar los materiales para un rápido análisis, disponiendo hileras de cubetas y sacando el equipo de valoración. Trabajaba de un modo febril, y no se paró a preguntarse por qué experimentaba aquella frenética curiosidad. Ignoraba el motivo de su excitación: estaba demasiado ocupado para averiguarlo...

Cinco horas más tarde, a las seis de la mañana, con un cielo gris y lleno de trinos de pájaros más allá de la ventana, Bryce se dejó caer en una silla de la cocina, sosteniendo en la mano un pequeño trozo de película. No había efectuado con ella todas las pruebas posibles, pero sí las suficientes para saber que en la película no había ninguno de los productos químicos convencionales utilizados en fotografía, ninguna de las sales de plata. Permaneció sentado con los ojos enrojecidos por espacio de varios minutos. Luego se puso en pie, se dirigió hacia su dormitorio arrastrando los pies y se dejó caer, semiagotado, sobre la cama sin hacer. Antes de quedarse dormido, sin desvestirse, con los pájaros gritando más allá de su ventana iluminada por los primeros rayos del sol, dijo en voz alta, en tono extrañamente grave: «Tiene que ser una tecnología completamente nueva... alguien que ha descubierto una ciencia en las ruinas mayas... o de algún otro planeta...».

4

Las aceras estaban llenas de gente que se movía en ambas direcciones, vestida con ropas primaverales. En todas partes parecía haber mujeres jóvenes con altos y repiqueteantes tacones (él podía oírlos, incluso desde el interior del automóvil), la mayoría de ellas lujosamente ataviadas, con vestidos fantásticamente brillantes a la intensa luz matinal. Gozando del espectáculo de la gente y de los colores —a pesar de que herían sus ojos todavía hipersensibles—, le dijo a su chofer que descendiera lentamente por Park Avenue. Era un día encantador, uno de los primeros días realmente radiantes de su segunda primavera en la Tierra. Se inclinó hacia atrás, sonriendo, sobre los almohadones especialmente diseñados, y el automóvil avanzó con una marcha lenta y regular. Arthur, el chofer, era muy bueno; había sido elegido por su dominio del volante, por su capacidad para mantener una marcha regular, para evitar repentinos cambios de velocidad.

Giraron al llegar a la Quinta Avenida para detenerse delante del antiguo edificio de oficinas de Farnsworth, que ahora exhibía, en uno de los lados de la entrada, una placa de latón con unas discretas letras en relieve: WORLD ENTERPRISES CORPORATION. Newton adaptó sus gafas oscuras aumentando la intensidad de su oscurecimiento para protegerse de la luz del sol del exterior y se apeó del automóvil. Permaneció de pie en la acera distendiendo su cuerpo, sintiendo el sol —suavemente tibio para la gente que le rodeaba, agradablemente cálido para él— en su rostro.

Arthur asomó la cabeza por la ventanilla y dijo:

—¿Tengo que esperarle, señor Newton?

Newton respiró profundamente, disfrutando de la luz del sol, del aire. No había salido de su apartamento desde hacía un mes.

—No —dijo—. Yo le llamaré, Arthur. Pero no creo que le necesite antes de la noche; puede ir al cine, si quiere.

Echó a andar a través del pasillo principal, por delante de las hileras de ascensores, dirigiéndose al ascensor especial situado al fondo del vestíbulo, donde le esperaba un empleado rígidamente erguido en su impecable uniforme. Newton sonrió para sí mismo; podía imaginar la serie de órdenes que habían sido emitidas el día anterior, después de que él había llamado anunciando su visita a la mañana siguiente. No había estado en las oficinas desde hacía tres meses. Rara vez salía de su apartamento. El joven ascensorista le saludó con un ensayado y nervioso: «Buenos días, señor Newton». Newton le sonrió y penetró en el ascensor.

Subieron lenta y muy suavemente hasta el séptimo piso, que anteriormente había albergado las oficinas jurídicas de Farnsworth. Este le esperaba en el rellano. Iba vestido como un potentado con un traje de seda gris, luciendo una llameante piedra roja en un dedo gordinflón y perfectamente manicurado.

—Tiene usted muy buen aspecto, señor Newton —dijo, estrechando con mucho cuidado la extendida mano de Newton. Farnsworth era muy observador; habría notado rápidamente la mueca que Newton haría si le tocaran con rudeza en cualquier sentido.

—Gracias, Oliver. Me siento especialmente bien.

Farnsworth le precedió a lo largo del vestíbulo y a través de una serie de oficinas con la placa «W. E. Corp.». Pasaron por delante de una batería de secretarias, que guardaron un respetuoso silencio ante su llegada, y entraron en el despacho de Farnsworth, que ostentaba en la puerta una pequeña placa de latón en la que podía leerse: «O. V. Farnsworth, Presidente».

En el interior, la oficina estaba amueblada como antes, con variadas piezas rococó entre las que destacaba el enorme y grotescamente ornamentado escritorio Caffieri. La habitación estaba, como siem-

pre, inundada de música: una pieza de violín esta vez. Resultaba desagradable para los oídos de Newton, pero no dijo nada.

Una doncella les sirvió té mientras charlaban de cosas intrascen-
dentes —a Newton había llegado a gustarle el té, aunque tenía que
beberlo tibio—, y luego empezaron a hablar de negocios: su posición
en los tribunales, el trasiego de directores, las compañías subsidiarias,
las concesiones y licencias y royalties, la financiación de nuevas fábricas, la compra de fábricas antiguas, los mercados, los precios y la fluc-
tuación del interés público en los setenta y tres artículos de consumo
que producían —antenas de televisión, transistores, película fotográfica y detectores de radiaciones— y las trescientas y pico patentes que
tenían licenciadas, desde el procedimiento de refinado del petróleo
hasta un inofensivo sustituto de la pólvora que era utilizado en los
juguetes infantiles. Newton se daba perfecta cuenta del asombro de
Farnsworth —incluso más que de costumbre— ante su dominio de
todos aquellos temas y se dijo a sí mismo que sería prudente cometer
unos cuantos errores intencionados en su manejo de cifras y detalles.
Pero resultaba agradable y excitante —a pesar de saber lo vano del
orgullo que proporcionaba el placer— utilizar su mente antheana en
aquellas materias. Era como si uno de aquellos individuos —siempre
pensaba en ellos como «aquellos individuos», a pesar de que había
llegado a simpatizar con ellos y a admirarlos— se descubriera a sí
mismo tratando con un grupo de chimpancés muy listos y espabi-
lados. Newton se había encariñado con ellos, pero su vanidad típi-
camente humana le hacía difícil evitar el fácil placer de ejercer su
superioridad mental para dejarlos asombrados. Sin embargo, por
agradable que esto resultara, no podía olvidar que aquellos individuos eran más peligrosos que los chimpancés... y que habían transcurrido millares de años desde que algunos de ellos habían visto a un
antheano sin disfraz.

Siguieron hablando hasta que la doncella les trajo el almuerzo:
emparedados de pollo y una botella de vino del Rin para Farnsworth;
pastelitos de harina de avena y un vaso de agua para Newton. Había
descubierto que, habida cuenta de las peculiaridades de su sistema, la
harina de avena era uno de los alimentos más digeribles, y la comía

con frecuencia. Continuaron hablando largamente acerca del complejo negocio de financiar las diversas empresas ampliamente extendidas. Newton había llegado a disfrutar de esta parte del juego por el juego en sí. Se había visto obligado a aprenderlo partiendo de cero —había muchas cosas acerca de esta sociedad y este planeta que no podían ser aprendidas por televisión—, y había descubierto que poseía un talento natural para ello, posiblemente un atavismo que se remontaba a unos antepasados que habían vivido en la época más gloriosa de la civilización antheana, época que correspondía a la segunda Era Glacial de esta Tierra: la época del capitalismo más duro y de las guerras, antes de que se agotaran todas las fuentes antheanas de energía y desapareciera el agua. Disfrutaba jugando con los cálculos y las cifras de las finanzas, a pesar de que le procuraban muy poca excitación, y aunque hubiera entrado en el juego con la ventaja que solo diez mil años de electrónica, química y óptica antheana podían haber proporcionado. Pero no olvidaba ni un solo instante el motivo por el que había venido a la Tierra. Estaba siempre con él, ineludible, como el leve dolor que persistía en sus siempre fatigados músculos, como la imposible extrañeza, por muy familiar que llegara a serle, de este enorme y diverso planeta.

Apreciaba a Farnsworth. Apreciaba a los pocos humanos que conocía. No había trabado ninguna relación con mujeres, ya que, por motivos que él mismo no comprendía, las temía. A veces le entristecía el hecho de que la seguridad hiciera demasiado arriesgado el conocer mejor a aquella gente. Farnsworth, por muy hedonista que fuera, era un hombre astuto, un apasionado cazador de dinero; un hombre que requería ocasional vigilancia; un hombre posiblemente peligroso, pero cuya mente poseía muchas excelentes y sutiles facetas. No se había ganado su enorme fortuna —una fortuna que, gracias a Newton, se había triplicado— solo por su reputación. Cuando le hubo explicado a Farnsworth lo que deseaba que se hiciera, Newton se reclinó en su asiento por unos instantes, relajado, y luego dijo:

—Oliver, ahora que el dinero empieza a… acumularse, hay algo nuevo que quiero hacer. Ya le hablé de un proyecto de investigación...

Farnsworth no pareció sorprendido, aunque probablemente había esperado que el objeto de esta visita sería algo más importante.

—¿Sí, señor Newton?

Newton sonrió amablemente.

—Será un tipo de empresa diferente, Oliver. Y me temo que muy cara. Imagino que le resultará algo difícil llevarla a cabo... al menos en sus aspectos financieros. —Su mirada se perdió por unos instantes a través de la ventana, concentrándose en la discreta hilera de tiendas de la grisácea Quinta Avenida, en los árboles. Luego continuó—: No se trata de una empresa con ánimo de lucro, desde luego, y creo que lo mejor que podría hacerse sería crear un centro de investigaciones.

El abogado frunció los labios.

—¿Un centro de investigaciones? —inquirió.

—Sí —Newton apartó su mirada de la ventana y la fijó en Farnsworth—. Sí, creo que lo estableceremos en Kentucky, con todo el capital que pueda reunir. Eso representará unos cuarenta millones de dólares... si logramos que los Bancos nos ayuden.

Las cejas de Farnsworth se dispararon hacia arriba.

—¿*Cuarenta millones*? No posee usted ni la mitad de esa suma, señor Newton. Tal vez pueda disponer de ella dentro de seis meses, pero acabamos de empezar...

—Sí, lo sé. Pero creo que voy a vender mis derechos de Worldcolor a Eastman Kodak. Naturalmente, usted puede conservar sus acciones si lo desea. Estoy seguro de que Kodak hará un buen uso de la película. Están dispuestos a pagar un buen precio... siempre que me comprometa a no comercializar una nueva película de color que pudiera hacerles la competencia durante los próximos cinco años.

Ahora el rostro de Farnsworth había enrojecido.

—¿No equivale eso a vender un interés vitalicio al Tesoro de los Estados Unidos?

—Supongo que sí. Pero necesito el capital; y usted sabe muy bien que con esas patentes está el incordio de una posible acción antitrust. Y que Kodak tiene más posibilidades de acceso a los mercados mundiales que nosotros. En realidad, nos ahorraremos muchas preocupaciones.

Farnsworth agitó la cabeza, algo más tranquilo.

—Si yo poseyera los derechos de la Biblia, no se los vendería a Random House. Pero supongo que usted sabe lo que está haciendo. Siempre lo ha sabido.

5

En la Universidad Estatal de Pendley, en Pendley, Iowa, Nathan Bryce se dejó caer en la oficina de su jefe de departamento. Este era el Profesor Canutti, y su cargo era el de Asesor-Coordinador del Departamento, un título muy parecido al de la mayoría de jefes de departamento en aquella época, desde que un simple viajante de comercio se había convertido en un Representante de Sector y un simple portero en un Conserje. La moda había tardado un poco más en llegar a las universidades, pero había llegado, y ahora no existían ya secretarias, sino solo Recepcionistas y Auxiliares Administrativas, ni existían jefes, sino solo Coordinadores. El Profesor Canutti, con el pelo cortado a cepillo, fumador de pipa y de complexión elástica, le acogió con una sonrisa de veinte dólares, le señaló con la mano a través de la alfombra azul huevo de pichón una butaca de plástico color lavanda y dijo:

—Me alegro mucho de verle, Nate.

Bryce parpadeó casi visiblemente ante el «Nate» y mirando su reloj como si tuviera prisa dijo:

—Hay algo que ha despertado mi curiosidad, Profesor Canutti.

No tenía ninguna prisa… salvo la de terminar lo antes posible con esta entrevista; ahora que habían terminado los exámenes no tenía nada que hacer en una semana.

Canutti sonrió indulgentemente y por un instante Bryce se maldijo a sí mismo por haber acudido en primer lugar a este estúpido jugador de golf. Pero Canutti podía serle útil; al menos como químico no era un imbécil.

Bryce sacó una cajita de su bolsillo y la colocó sobre el escritorio de Canutti.

—¿Conoce usted esta nueva película? —inquirió.

Canutti la tomó en su mano suave y sin callos y la contempló unos instantes, intrigado.

—¿Worldcolor? Sí, la he utilizado, Nate. —Volvió a dejarla sobre la mesa con una especie de irrevocabilidad—. Es una película muy buena. Con autorrevelado.

—¿Sabe usted cómo funciona?

Canutti chupó especulativamente su pipa, que estaba apagada.

—No, Nate. No sé cómo funciona. Como cualquier otra película, supongo. Solo que es un poco más… sofisticada. —Sonrió, satisfecho de sí mismo.

—No es exactamente eso. —Bryce alargó el brazo y tomó la caja, sopesándola en su mano y contemplando el insulso rostro de Canutti—. He realizado algunas pruebas y he quedado profundamente desconcertado. Como usted sabe, las mejores películas en color tienen tres emulsiones separadas, una para cada color primario. Bueno, esta no tiene ninguna emulsión.

Canutti enarcó las cejas. *Harías mejor fingiéndote sorprendido, idiota,* pensó Bryce. Quitándose la pipa de la boca, Canutti dijo:

—Suena a imposible. ¿Dónde está la fotosensibilidad?

—Aparentemente en la base. Y parece que proviene de las sales de bario... solo Dios podría saber cómo. Sales cristalinas de bario en una dispersión al azar. Y —respiró profundamente— el revelador es gaseoso: se encuentra en una especie de capullo debajo de la tapadera de la lata. He intentado descubrir lo que contenía y de lo único que puedo estar seguro es de que hay nitrato de potasio, algún peróxido, y algo que imagino que actúa como el cobalto. Y todo es levemente radioactivo, lo cual puede explicar algo, aunque no estoy seguro del qué.

Canutti le concedió la larga pausa que en términos de buena educación su pequeña conferencia requería. Luego dijo:

—Parece absurdo, Nate. ¿Dónde la hacen?

—Hay una fábrica en Kentucky. Pero por lo que he podido averi-

guar la compañía se encuentra en Nueva York. Sus acciones no coti-
zan en Bolsa.

Canutti, escuchando, adoptó una expresión grave; probablemente,
pensó Bryce, la que reservaba para las ocasiones solemnes, tales
como la de ser admitido en un nuevo club de campo.

—Comprendo. Bueno, se trata de algo complejo, ¿no es cierto?

¿Complejo? ¿Qué diablos significaba eso? Desde luego que era
complejo. Era imposible.

—Sí, es complejo. Por eso quería pedirle... —Bryce vaciló, reacio
a pedirle un favor a aquel pomposo extrovertido—. Me gustaría
investigarlo a fondo, descubrir cómo demonios funciona. Me
pregunto si podría utilizar uno de los grandes laboratorios del
sótano... al menos durante la época de descanso entre semestres. Y
podría utilizar a un estudiante como ayudante, si hay alguno dispo-
nible.

Canutti se había reclinado hacia atrás durante aquel breve discurso,
como si Bryce le hubiera empujado físicamente contra los blandos
almohadones de espuma.

—Todos los laboratorios están ocupados, Nate —dijo—. Como
usted sabe, en la actualidad tenemos más proyectos industriales y
militares de los que podemos asumir. ¿Por qué no escribe usted a la
compañía que fabrica la película solicitando información?

Bryce trató de que su voz sonara normal.

—Ya les he escrito. No contestan a las cartas que reciben. Nadie
sabe nada acerca de ellos. No hay nada acerca de ellos en los periódicos... ni siquiera en las revistas especializadas —Hizo una breve
pausa—. Mire, Profesor Canutti, lo único que necesito es un laboratorio... Puedo prescindir del ayudante.

—Walt. Walt Canutti. Pero los laboratorios están ocupados, Nate.
El Coordinador Johnson me tiraría de las orejas si yo...

—Mire... Walt... esto es investigación *elemental*. Johnson siempre
está soltando discursos acerca de la investigación elemental, ¿no es
cierto? La espina dorsal de la ciencia. Y lo único que al parecer estamos haciendo aquí es desarrollar sistemas más baratos para fabricar
insecticidas y perfeccionar bombas de gas.

Canutti enarcó las cejas, con su rechoncho cuerpo hundido aún en almohadones de espuma.

—No acostumbramos a hablar de nuestros proyectos militares en ese tono, Nate. Nuestra investigación táctica aplicada es...

—De acuerdo. De acuerdo. —Bryce luchó de nuevo contra el deseo de dar rienda suelta a su indignación—. Matar gente es elemental, supongo. Y forma parte de la vida de la nación, también. Pero esta película...

Canutti enrojeció ante el sarcasmo.

—Mire, Nate —dijo—, lo que usted quiere hacer es perder el tiempo con un procedimiento comercial. Y, además, con un procedimiento que funciona de un modo excelente. ¿Por qué buscarle tres pies al gato? Estoy de acuerdo con usted en que la película se sale de lo corriente. ¡Tanto mejor!

—¡Dios mío! —exclamó Bryce—. Esta película hace algo más que salirse de lo corriente. Usted mismo puede verlo. Es usted químico... un químico mucho mejor que yo. ¿No puede ver las técnicas implícitas en este producto? ¡Dios mío, sales de bario y un revelador gaseoso! —Súbitamente recordó el rollo de película todavía en su mano y lo sostuvo en alto como si fuera una serpiente o una reliquia sagrada—. Es como si fuéramos... como si fuéramos hombres de las cavernas, rascándonos las pulgas de nuestros sobacos, y uno de nosotros encontrara un... una cinta de fulminantes de juguete... —Y entonces, en un instante, la idea le golpeó como un puñetazo en el pecho y, haciendo una breve pausa, pensó: *¡Santo cielo... aquella cinta de fulminantes!*— ... y la arrojara al fuego. ¡Piense en la tradición, la tradición técnica, implícita en la fabricación de una tira de papel con una hilera de pequeñas vainas de pólvora dispuestas de modo que podamos oír una serie de *pop, pop, pop*! O si usted le diera un reloj de pulsera a un romano antiguo, y él supiera lo que era un reloj de sol... —Bryce no terminó la comparación, pensando ahora en aquella cinta de fulminantes que habían estallado tan ruidosamente pero sin desprender ningún olor a pólvora.

Canutti sonrió fríamente.

—Bueno, Nate, es usted muy elocuente. Pero yo no me preocupa-

ría tanto por algo que ha ideado un buen equipo de investigadores.
—Hablaba en tono jovial, como si pretendiera zanjar la discordia
bromeando—. Dudo que hayamos sido visitados por hombres del
futuro. Al menos, no para vendernos película fotográfica.

Bryce se puso en pie, apretando la caja de película en su mano.
Habló suavemente.

—¡Y un cuerno un buen equipo de investigadores! Por lo que yo
sé, por el hecho de que en esta película no se utilice una sola técnica
química de las que se han desarrollado en el campo de la fotografía en
los últimos cien años, este procedimiento podría ser extraterrestre. O
hay un genio oculto en alguna parte de Kentucky que va a vendernos
máquinas de movimiento continuo la semana próxima.

Harto de la entrevista, se giró bruscamente y echó a andar hacia la
puerta.

Como una madre llamando a su hijo que se aleja de ella en plena
rabieta, Canutti dijo:

—Yo no hablaría demasiado de extraterrestres, Nate. Desde luego,
comprendo lo que quiere usted decir...

—Desde luego que lo comprende —dijo Bryce mientras se disponía a marcharse.

Se dirigió directamente a su casa en el monorraíl de la tarde y
empezó a buscar —mejor dicho, a escuchar— chiquillos con pistolas
de fulminantes...

6

Cinco minutos después de salir del aeropuerto se dio cuenta de que había cometido un grave error. No tenía que haber viajado tan al sur en pleno verano, por muy necesario que fuera. Podía haber enviado a alguien, al propio Farnsworth, a comprar los terrenos, a disponer las cosas. La temperatura superaba los treinta y dos grados y, siendo físicamente incapaz de sudar, dado que su cuerpo había sido diseñado para temperaturas no superiores a los diez grados, se sentía enfermo casi hasta la inconsciencia en el asiento posterior del automóvil que le conducía desde el aeropuerto al centro de la ciudad de Louisville.

Pero después de más de dos años de estancia en la Tierra, y con los diez años de acondicionamiento físico a que había sido sometido antes de salir de Anthea, era capaz de soportar el dolor y de mantenerse a base de voluntad en un estado de consciencia, aunque en ella hubiera cierta confusión. Fue capaz de pasar del automóvil al vestíbulo del hotel, y del vestíbulo al ascensor —con una sensación de alivio al comprobar que era un ascensor antiguo, de los llamados «lentos»—, y después a su habitación del tercer piso, donde se dejó caer sobre la cama en cuanto el botones se hubo marchado. Al cabo de unos instantes logró alcanzar el acondicionador de aire y fijarlo en una temperatura muy baja. Luego volvió a tumbarse en la cama. Era un buen acondicionador de aire; estaba basado en un grupo de patentes que él mismo había licenciado a la compañía que los fabricaba. Al cabo de unos instantes la habitación le resultó razonablemente cómoda, pero dejó la máquina en marcha, compla-

cido de que su contribución a la ciencia de la refrigeración hubiera
conseguido hacer silenciosas aquellas feas cajitas que tan necesarias
le resultaban.

Era mediodía y tras un breve descanso llamó al servicio de habitaciones y pidió que le subieran una botella de Chablis y un poco de
queso. Hacía muy poco tiempo que había empezado a beber vino
y había descubierto complacido que aparentemente ejercía en él el
mismo efecto que en los hombres de la Tierra. El vino era bueno,
pero el queso tenía una desagradable pastosidad. Conectó el televisor, que funcionaba también con patentes W. E. Corp, y se acomodó
en una butaca, decidido, si no podía hacer otra cosa en la calurosa
tarde, a disfrutar de su soledad.

Hacía más de un año que no había visto un programa de televisión, y le pareció muy extraño, aquí en esta vulgar habitación de
un hotel moderno —tan semejante a los apartamentos en los cuales vivían los detectives privados de la televisión, con sus sillones,
sus estanterías de libros nunca utilizadas, sus pinturas abstractas y
su pequeño bar con el mostrador de plástico—, aquí en Louisville,
Kentucky, verlo otra vez. Viendo a los pequeños hombres y mujeres
humanos moviéndose en la pantalla como había visto que lo hacían
durante tantos años en su patria, Anthea. Pensó en aquellos días
ahora, sorbiendo el vino helado, mordisqueando el queso —alimentos foráneos, raros—, mientras la música de fondo de una historia de
amor llenaba la fría habitación y las susurrantes voces surgidas del
pequeño altavoz resonaban en sus sensibles oídos de otro mundo
como la cháchara gutural que en realidad eran. Tan distintas a su
propio idioma, aunque el uno había evolucionado a partir del otro,
siglos atrás. Por primera vez en varios meses, se permitió a sí mismo
pensar en la suave conversación de sus viejos amigos antheanos, en
los agradables alimentos que había comido toda su vida en su hogar,
y en su esposa y sus hijos. Quizá fue el frescor de la habitación, que
propició una agradable calma después de su atroz viaje veraniego,
quizá fue el alcohol, todavía nuevo para sus venas, lo que le hizo caer
en un estado mental tan parecido a la nostalgia humana: sentimental
y amargado. Deseó súbitamente oír el sonido de su propio idioma

hablado por alguien, ver los claros colores del suelo antheano, percibir el acre olor del desierto, escuchar los profundos sonidos de la
música antheana y contemplar las brumosas paredes de sus edificios,
el polvo de sus ciudades. Y deseó a su esposa, con la tenue sexualidad
corporal antheana: un dolor sordo e insistente. Y de pronto, mirando
de nuevo a su alrededor, con las paredes grises y los muebles vulgares
de la habitación, se sintió disgustado, harto de este lugar extraño, de
esta cultura ruidosa, gutural, desarraigada y sensual, de este hatajo
de monos listos, irritantes, absortos en sí mismos... vulgares y des-
preocupados, mientras su insustancial civilización, al igual que el
Puente de Londres y todos los puentes, iba desmoronándose y desmoronándose.

Empezó a sentir lo que había sentido ya otras veces: un gran cansancio, una profunda fatiga de este mundo atareado y destructivo
y de todos sus chirriantes ruidos. Tuvo la impresión de que podría
renunciar a su empresa, de que era una locura imposible haberla
iniciado, hacía más de veinte años. Volvió a mirar a su alrededor, cansado. ¿Qué estaba haciendo aquí, en este otro mundo, el tercero con
respecto al sol, a casi doscientos millones de kilómetros de su hogar?
Se levantó a apagar el televisor y luego volvió a sentarse en la butaca,
hundiéndose en ella, bebiendo vino, sintiendo el alcohol ahora y sin
importarle siquiera.

Había visto la televisión norteamericana, la inglesa y la rusa
durante quince años. En una época determinada sus superiores
habían planeado establecer contacto con los rusos, dado que estaban
más avanzados técnicamente que los americanos y era más probable
que pudieran llegar antes a Anthea por sus propios medios; pero la
mayor diversidad de la economía norteamericana, así como la libertad de movimientos posible dentro del país, les había hecho incli-
narse finalmente por Norteamérica. Habían recopilado una enorme
biblioteca grabando programas de televisión, después de descifrar
la mayoría de las sutilezas del idioma a través de los programas de
radio en FM. Él había estudiado a diario, aprendiendo el idioma, las
costumbres, la historia y la geografía, todo lo que estaba a su alance,
hasta memorizar, por medio de referencias exhaustivas, el significado

de palabras oscuras tales como «amarillo», «Waterloo» y «República Democrática»... esa última algo que no tenía ningún equivalente en Anthea. Y mientras él había trabajado y estudiado y realizado interminables ejercicios físicos, ellos habían deliberado acerca de si debía intentarse el viaje. Disponían de muy poca energía, aparte de las baterías solares en el desierto. Se necesitaría mucho combustible para enviar a un solo antheano a través del vacío espacio, posiblemente a su muerte, posiblemente a ser recibido por un mundo ya muerto, un mundo que por entonces ya podría estar, como parte de la propia Anthea, cubierto de escombros atómicos; los residuos quemados de la ira simiesca. Pero finalmente le habían dicho que iban a intentar realizar el viaje en una de las antiguas aeronaves que se guardaban todavía en el subsuelo. Un año antes del viaje fue informado de que los planes habían sido completados por fin, que la nave estaría a punto para cuando los planetas hubieran ocupado la posición correcta para la travesía. No había sido capaz de controlar el temblor de sus manos cuando le había comunicado la decisión a su esposa...

Esperó en su habitación del hotel, sin moverse de la butaca, hasta las cinco de la tarde. Entonces se levantó, llamó a la agencia inmobiliaria y les dijo que estaría allí a las cinco y media. Salió de la habitación, dejando en el bar la botella de vino medio vacía. Esperaba que el tiempo hubiera refrescado, pero no era así. Había escogido el hotel porque estaba a tres manzanas de distancia de la oficina que iba a visitar, la oficina donde iba a iniciar la enorme transacción inmobiliaria que había planeado. Pudo recorrer el trayecto; pero el aire plomizo, pesado e intolerablemente cálido que parecía cubrir las calles como un almohadón le hizo sentirse aturdido, confuso y débil. Por unos instantes pensó en regresar al hotel y hacer que los agentes de la agencia fueran a visitarle, pero continuó andando.

Y luego, cuando encontró el edificio, descubrió algo que le asustó: la oficina que buscaba se encontraba en el decimonoveno piso. No había esperado encontrar edificios tan altos en Kentucky, no había previsto esto. No podía ni pensar en subir por la escalera. Y no sabía nada acerca de los ascensores. Si tenía que subir en uno que fuera demasiado aprisa, o a sacudidas, podría ser desastroso para su cuerpo ya maltrecho por la gravedad. Pero los ascensores parecían nuevos y bien construidos, y el edificio al menos disponía de aire acondicionado. Entró en uno en el que no había nadie salvo el ascensorista, un viejo de aspecto tranquilo con un uniforme manchado de tabaco. Luego entró alguien más, una mujer bonita y entrada en carnes que llegó corriendo, jadeante, en el último momento. Luego el ascensorista cerró las puertas metálicas. Newton dijo: «Al diecinueve, por favor»; la mujer murmuró: «doce», y el viejo alargó la mano perezosamente hacia la palanca de control. Newton comprobó inmediatamente, consternado, que no se trataba de un ascensor moderno, con un sistema de botones, sino de un modelo anticuado y reformado. Pero se dio cuenta demasiado tarde, ya que antes de que pudiera protestar notó que su estómago se retorcía y sus músculos se tensaban dolorosamente mientras el ascensor se estremecía, vacilaba, volvía a estremecerse y luego se disparaba hacia arriba, duplicando en un instante su ya triplicado peso. Y luego todo pareció ocurrir al mismo tiempo. Vio que la mujer le miraba y supo que su nariz debía estar sangrando, salpicando de rojo la pechera de su camisa, y mirando hacia abajo confirmó que así era. En aquel mismo instante oyó —o sintió, en su tembloroso cuerpo— una especie de crujido, y sus piernas se derrumbaron y cayó al suelo del ascensor, grotescamente retorcido, viendo una pierna horriblemente doblada debajo de él mientras perdía el sentido, con su mente hundiéndose en una negrura tan profunda como la del vacío que le separaba de su planeta natal...

Con anterioridad había perdido el conocimiento dos veces: en una ocasión durante el entrenamiento en la centrifugadora en su planeta natal, y en otra durante la rápida aceleración de su despegue en la nave. En ambas ocasiones se había repuesto rápidamente, volviendo a la consciencia en un estado de confusión y dolor. También esta vez despertó dolorido y con el cuerpo magullado, confuso y asustado al no saber dónde estaba. Se encontraba tendido de espaldas sobre algo blando y suave, y había luces brillantes en sus ojos. Parpadeó, girando la cabeza. Estaba tendido sobre un sofá. Al otro lado de la habitación, una mujer estaba de pie junto a un escritorio, sosteniendo un teléfono en la mano. Le estaba mirando. El la miró a su vez y la reconoció: era la mujer del ascensor.

Viendo que había despertado, la mujer vaciló y pareció no saber qué hacer con el teléfono.

—¿Se encuentra usted bien, señor?

La voz de Newton sonó como la de otra persona, débil y suave.

—Creo que sí. No lo sé... —Sus piernas estaban extendidas delante de él. No se atrevió a moverlas. La sangre en su camisa estaba aún pegajosa, pero se había enfriado. No podía haber permanecido inconsciente mucho tiempo—. Creo que me he lastimado las piernas...

La mujer le miró gravemente y asintió con la cabeza.

—Eso parece. Una de ellas estaba doblada como si fuera de alambre.

Newton siguió mirándola, no sabiendo qué decir, tratando de pensar en lo que debería hacer. No podía ir a un hospital: le someterían a un reconocimiento, le aplicarían rayos X...

—Hace cinco minutos que estoy tratando de localizar a un médico —La voz de la mujer era ronca; parecía muy asustada—. He llamado ya a tres, y ninguno estaba en su casa.

Newton parpadeó, tratando de pensar con claridad.

—No —dijo—. ¡No! No llame...

—¿Que no llame a un médico? Pero tiene que verle un médico, señor. Ha sufrido usted un grave accidente.

La mujer parecía un mar de dudas, preocupada, pero demasiado asustada para mostrarse suspicaz.

—No. —Newton trató de decir algo más, pero le sobrevino súbitamente una sensación de náusea y, sin apenas darse cuenta de lo que estaba haciendo, empezó a vomitar por encima de uno de los extremos del sofá, sintiendo un gran dolor en las piernas a cada convulsión. Luego, agotado, volvió a tenderse de espaldas, boca arriba. Pero las luces eran demasiado brillantes y quemaban sus ojos incluso a través de los cerrados párpados —sus párpados finos, transparentes— y, gimoteando, levantó su brazo para cubrirlos.

El verle vomitar pareció tranquilizar a la mujer. Quizá debido a la reconocible humanidad del acto. Habló con más desahogo.

—¿Puedo ayudarle en algo? —dijo—. ¿Puedo hacer algo por usted? ¿Quiere que le traiga algo de be…?

—No. No necesito…

¿Qué iba a hacer?

Súbitamente, la voz de la mujer se hizo más ligera, como si hubiera estado al borde de la histeria y acabara de superar el trance.

—Desde luego, está usted hecho un asco —dijo.

—Lo supongo. —Newton giró su rostro hacia el respaldo del sofá, tratando de evitar las luces—. ¿Podría usted… podría usted dejarme solo? Estaré mejor… si puedo descansar.

La mujer rio suavemente.

—No veo cómo. Esto es una oficina; va a llenarse de gente por la mañana. El viejo del ascensor me dio la llave.

—Oh. —Tenía que hacer algo para aliviar el dolor o no permanecería consciente mucho tiempo—. Escuche —dijo—, tengo una llave en mi bolsillo. Es del Hotel Brown, que está a tres manzanas de aquí, bajando la calle…

—Sé dónde está el Hotel Brown.

—Oh. Estupendo. ¿Puede usted tomar la llave y traerme un maletín negro del armario del dormitorio de la habitación? Hay en él… medicamentos. Por favor.

La mujer guardó silencio.

—Puedo pagarle…

—No es eso lo que me preocupa. —Newton giró de nuevo la cabeza y abrió los ojos un instante para mirar a la mujer. Su ancho rostro estaba arrugado, con las cejas fruncidas en una especie de parodia de profunda meditación. Luego, la mujer se echó a reír, sin mirarle—. No sé cómo van a dejarme entrar en el Hotel Brown y meterme en una de las habitaciones… ni que fuera mía.

—¿Por qué no? —Le dolía en alguna parte del pecho al hablar. Tenía la impresión de que no tardaría en volver a desmayarse—. ¿Por qué no iban a dejarla entrar?

—No entiende usted mucho de ropas, ¿verdad, señor? Se ve que para usted no han sido nunca un problema. Solo llevo este vestido, que además está roto. Y es posible que a los del hotel no les guste mi aliento.

—¡Oh! —dijo Newton.

—Ginebra. Pero tal vez podría... —La mujer pareció meditar—. No, no podría.

Newton se sintió mareado de nuevo, con la sensación de que su cuerpo estaba flotando. Parpadeando, se obligó a sí mismo a resistir, tratando de ignorar la debilidad, el dolor.

—Tome mi cartera. Saque los billetes de veinte dólares. Dele el dinero al botones. Puede usted hacerlo... —La habitación estaba dando vueltas a su alrededor, las luces se hacían más débiles y parecían moverse en pálida procesión a través de su campo visual—. Por favor.

Notó que la mujer hurgaba en su bolsillo, percibió su cálido aliento en su rostro y luego, al cabo de un momento, oyó su exclamación.

—¡Santo cielo! —dijo la mujer—. Está usted forrado... Bueno, no me costaría nada largarme con todo esto.

—No lo haga —dijo Newton—. Ayúdeme, por favor. Soy rico. Puedo...

—No lo haré —dijo la mujer con un deje de cansancio. Y añadió con más animación—: Descanse, señor. Regresaré con su medicina, aunque tenga que comprar el hotel. Estése tranquilo.

Newton oyó cómo la mujer cerraba la puerta mientras él se desmayaba.

Pareció que habían transcurrido solamente unos minutos cuando la mujer se encontraba ya de nuevo en la habitación, con el maletín abierto sobre el escritorio. Y luego, después de que Newton se hubo tomado las cápsulas analgésicas y las píldoras que ayudarían a resolver los problemas de su pierna, entró el ascensorista con un hombre que dijo ser el superintendente del edificio, y Newton tuvo que asegurarles que no presentaría ninguna demanda contra nadie, que se encontraba perfectamente. No, no necesitaba una ambulancia. Sí, firmaría un documento absolviendo al edificio de toda responsabilidad. Ahora, ¿harían el favor de procurarle un taxi? Estuvo a punto de desmayarse varias veces durante aquella frenética discusión y, cuando terminó, volvió a desmayarse.

Despertó en un taxi con la mujer. Ella le estaba sacudiendo suavemente.

—¿Adónde quiere ir? —le preguntó ella—. ¿Dónde vive usted?

Newton la miró fijamente.

—Yo... no sabría decirle.

7

Alzó la mirada de su lectura, con un leve sobresalto. No se había dado cuenta de que la mujer entraba en la habitación. Ocurría con frecuencia que ella se presentaba así, de improviso, y su voz ronca y seria podía resultarle irritante. Pero era una buena mujer y no albergaba ninguna sospecha. En cuatro semanas Newton se había encariñado con ella, como si fuera una especie de animal doméstico útil. Mudó su pierna a una postura más cómoda antes de contestarle.

—Irá usted a la iglesia esta tarde, ¿verdad?

La miró por encima de su hombro. Acababa de entrar; llevaba todavía una bolsa de plástico rojo apretada contra su voluminoso seno, como si de un niño se tratara.

La mujer le sonrió de un modo bobalicón, y Newton se dio cuenta de que ya estaba un poco bebida, a pesar de que la tarde no había hecho más que empezar.

—Eso es lo que yo iba a decir, señor Newton. Pensé que quizá usted querría ir a la iglesia. —Dejó la bolsa sobre la mesa junto al acondicionador de aire, el que Newton había comprado para ella durante su primera semana de estancia en su casa—. Le he traído un poco de vino —añadió la mujer.

Newton se volvió hacia su pierna, extendida delante de él sobre un pequeño montón de tebeos, el único material de lectura de la mujer. Estaba enfadado. El hecho de que ella hubiese comprado vino significaba que aquella tarde se proponía emborracharse, y aunque soportaba bien el licor, a Newton le preocupaban siempre las posibles consecuencias de su embriaguez. A pesar de que ella comentaba a menudo y con divertido asombro la fragilidad de su huésped, probablemente no tenía la menor idea del daño que podía causarle a su esqueleto —con sus huesos de pájaro— si por casualidad tropezaba con él, caía sobre él, o simplemente le propinaba un fuerte golpe. Era un mujer robusta, gorda, que pesaba unos veinticinco kilos más que él.

—Ha sido usted muy amable al traer el vino, Betty Jo —dijo—. ¿Está frío?

—Uh, huh —dijo ella—. Demasiado frío, en realidad. —Sacó la botella de la bolsa y Newton la oyó tintinear contra otras, todavía ocultas, compañeras. La mujer palpó especulativamente la botella de vino—. Esta vez no la compré en Reichmann's. Hoy tenía que cobrar mi cheque de la beneficencia y la compré al salir de la oficina de pagos. Allí hay una pequeña tienda llamada Goldie's Quickie. Se traga una buena parte del dinero de la beneficencia. —Tomó un vaso de una hilera de ellos colocados en lo alto de una antigua estantería pintada de rojo y lo dejó en el antepecho de la ventana. Luego, con la perezosa abstracción que caracterizaba sus tratos con el licor, sacó una botella de ginebra de la bolsa y permaneció de pie con una botella de vino en una mano y una botella de ginebra en la otra, como si estuviera indecisa acerca de la que tenía que soltar primero—. Guardan todo el vino en una nevera y se enfría demasiado. Tendría que haberlo comprado en Reichmann's— Finalmente, soltó la botella de vino y abrió la de ginebra.

—Está bien —dijo Newton—. No tardará mucho en calentarse.

—La dejaré aquí, y cuando usted quiera beber me lo pide, ¿de acuerdo? —La mujer se sirvió medio vaso de ginebra y se marchó a la pequeña cocina. Newton la oyó remover el azúcar que siempre añadía a su ginebra. Regresó casi inmediatamente, bebiendo mientras andaba—. ¡Cómo me gusta la ginebra! —exclamó en tono de profunda satisfacción.

—No creo que pueda ir a la iglesia —dijo Newton.

Ella pareció sinceramente decepcionada. Se acercó y se sentó torpemente en la vieja butaca forrada de zaraza situada en frente de la de Newton, estirando su falda estampada sobre sus rodillas con una mano mientras sostenía el vaso con la otra.

—Lo siento. Es una iglesia realmente buena, y de mucha categoría también. No se sentiría usted desplazado.

Newton observó por primera vez que la mujer llevaba un anillo con un diamante. Probablemente lo había comprado con su dinero. No se lo reprochaba; se lo había ganado por los cuidados que le había prestado. A pesar de sus costumbres y de su manera de hablar, era una excelente enfermera. Y no demostraba ninguna curiosidad acerca de él. Como no quería hablar más sobre la iglesia, Newton permaneció en silencio mientras ella se instalaba cómodamente en la butaca y empezaba a trabajar a conciencia en su ginebra. La mujer era el tipo de asistente a la iglesia irregular y sentimental que los entrevistadores de la televisión llamarían profundamente religiosa: ella aseguraba que su religión era una gran fuente de fortaleza. Consistía principalmente en asistir los domingos por la tarde a conferencias sobre el magnetismo personal, y los miércoles por la noche a conferencias sobre hombres que habían alcanzado el éxito en sus negocios a través de la oración. Su fe estaba basada en la creencia de que, ocurriera lo que ocurriese, todo sería para bien; su moral era la de que cada cual debe decidir por sí mismo lo que le conviene. Al parecer Betty Jo había decidido que lo que más le convenía eran la ginebra y el desahogo, al igual que otros muchos conciudadanos.

Tras unas semanas de convivencia con esta mujer, Newton había aprendido mucho acerca de un aspecto de la sociedad norteamericana del que la televisión no le había informado en absoluto. Había sabido de la prosperidad general que había florecido incesablemente, como la flor de una hierba gigantesca e imposiblemente dura, durante los treinta años posteriores a la Segunda Guerra Mundial, y había sabido cómo esta riqueza había sido distribuida entre, y gastada por, la cada vez más extensa clase media, la cual, a medida que pasaban los años, dedicaba más tiempo a un trabajo menos productivo y ganaba más dinero por él. Casi todos los programas de televisión trataban de aquella bien vestida e inmensamente cómoda clase media, de modo que resultaba fácil llegar a la conclusión de que todos los norteamericanos eran jóvenes, ambiciosos, estaban bronceados por el sol y tenían los ojos claros. Al conocer a

Betty Jo, Newton se había percatado de que había un amplio sustrato de la sociedad que no estaba incluido en aquel prototipo de clase media, de que una enorme e indiferente masa de personas no tenía virtualmente ninguna ambición y ninguna escala de valores. Había leído suficiente historia para darse cuenta de que las personas como Betty Jo hubieran sido en otro tiempo los pobres de la industria; pero ahora eran el bienestar industrial, y vivían cómodamente en inmuebles construidos por el gobierno —Betty Jo tenía alquilado un apartamento de tres habitaciones en un viejo y enorme edificio de un barrio suburbial—, a base de cheques de una pasmosa diversidad de entidades: la Beneficencia Federal, la Beneficencia del Estado, el Auxilio de Emergencia, el Auxilio a los Pobres del Condado. Esta sociedad norteamericana era tan rica que podía mantener a los ocho o diez millones de miembros de la clase de Betty Jo en un lamentable lujo de ginebra-y-muebles-usados en las ciudades, mientras el grueso del país bronceaba sus sanas mejillas junto a sus piscinas suburbanas y seguía las modas en materia de vestimenta y de crianza de niños, y mezclaba bebidas y esposas, jugando interminablemente con la religión, el psicoanálisis y el «ocio creativo». Con la excepción de Farnsworth, que pertenecía a otra clase, todavía más rara —la de los auténticamente ricos—, todos los hombres que Newton había conocido pertenecían a la clase media. Todos ellos eran muy parecidos, y si se les sorprendía con la guardia baja, por así decirlo —cuando la mano no estaba extendida amistosamente ni el rostro compuesto en su máscara habitual de suficiencia y de encanto juvenil—, daban la impresión de encontrarse un poco desconcertados, un poco perdidos. A Newton le parecía que Betty Jo, con su ginebra, su aburrimiento, sus gatos y sus muebles usados, estaba beneficiándose de la mejor parte del arreglo social.

Un día había celebrado una reunión con algunas «amigas» de otros apartamentos del mismo edificio. Newton se había quedado en el dormitorio, fuera de la vista, pero había podido oírlas perfectamente, cantando antiguos himnos como «Rock of Ages» y «Faith of Our Fathers», y emborrachándose de ginebra y de sentimentalismo, y le había parecido que aquellas mujeres habían encontrado un tipo de satisfacción mejor en esta «juerga» emocional que el que la clase media extraía de sus festines a la romana, su ebria natación a medianoche y sus expeditivas cópulas. Pero incluso Betty Jo era desleal a aquellos himnos antiguos e infantiles, ya que después de que las otras mujeres se hubieron marchado borrachas a sus propias celdas de tres habitaciones, ella se había tendido junto a él en la cama y se había mofado de la estupidez de los baptistas cantantes de himnos, una religión itinerante en la que ella misma había sido educada por su familia de Kentucky pero que ella «había superado, aunque a veces era hermoso unirse al canto». Newton no hizo ningún comentario, pero se sintió muy extrañado. Había visto una «antigua asamblea evangelista» varias veces, en viejas grabaciones de la televisión antheana, y había visto una función religiosa en una iglesia «moderna» que «hacía un uso creativo de Dios», para la cual la música consistía únicamente en un órgano electrónico interpretando valses de Strauss y fragmentos de la obertura de *Poeta y aldeano*. No estaba del todo seguro de que aquella gente hubiera sido enteramente juiciosa en su desarrollo de aquella extraña manifestación suya, algo de lo que Anthea carecía en absoluto —cosa que probablemente se les echó en cara a los antheanos en sus antiguas visitas al planeta—, esta peculiar serie de premisas y promesas llamada religión. Sin embargo, Newton no acababa de entenderlo. Desde luego, los antheanos creían que probablemente había dioses en el universo, o criaturas que podrían ser llamadas dioses, pero esto no era una asunto de gran importancia para ellos, del mismo modo que no lo era en realidad para la mayoría de los humanos. Pero la antigua creencia humana en el pecado y en la redención era significativa para él, y él, como todos los antheanos, estaba familiarizado con la sensación de culpa y la necesidad de su expiación. Pese a todo, ahora los humanos parecían estar edificando construcciones a base de creencia y sentimiento para reemplazar sus religiones, y Newton no sabía qué pensar de ello; no podía comprender por qué Betty Jo estaba tan preocupada por la supuesta fortaleza que recibía en dosis semanales de su iglesia sintética, una forma de fortaleza que parecía menos segura y más molesta que la que recibía de su ginebra.

Al cabo de un rato le pidió un vaso de vino, que ella se apresuró a servirle, utilizando el vaso de cristal que había comprado especialmente para él y en el que vertió con mano experta el vino de la botella. Newton se lo bebió con cierta rapidez. Había aprendido a disfrutar considerablemente del alcohol durante su convalecencia.

—Bueno —dijo Newton, mientras Betty Jo volvía a llenarle el vaso—, espero que la semana próxima estaré en condiciones de salir de aquí.

Betty Jo vaciló un momento, y luego terminó de llenar el vaso. Después dijo:

—¿Para qué, Tommy? —A veces le llamaba Tommy, cuando estaba medio borracha—. No tenemos ninguna prisa.

8

Dios, era un hombre muy raro. Alto y delgado y de anchos ojos como un pájaro; pero podía moverse de un lado a otro, incluso con una pierna rota, como un gato. Tomaba píldoras continuamente, y nunca se afeitaba. Tampoco parecía dormir; ella se levantaba a veces por la noche, se despertaba con la garganta seca y con dolor de cabeza cuando se había pasado de la raya con la ginebra, y allí estaba él en el saloncito, con la pierna levantada, leyendo, o escuchando aquel pequeño magnetófono que el hombre gordo le había traído de Nueva York, o simplemente sentado en la butaca con sus manos debajo de su barbilla, mirando fijamente la pared con los labios apretados y su mente en solo Dios podía saber dónde. En aquellas ocasiones ella trataba de moverse silenciosamente, para no molestarle; pero él siempre la oía, y ella estaba segura de que con cierto sobresalto. Pero siempre le sonreía, y a veces decía un par de palabras. Una noche, durante la segunda semana, él había parecido tan perdido y tan solo, sentado, contemplando la pared como si tratara de encontrar allí algo a lo que pudiera hablar... Parecía, con su pierna retorcida, un pajarillo caído de un nido. Tenía un aspecto tan lamentable que ella experimentó el deseo de acunarle en sus brazos como a un bebé. Pero no lo había hecho; sabía ya que a él no le gustaba que le tocaran. Y era tan ligero que ella hubiera podido hacerle daño. Nunca olvidaría lo ligero que era cuando le sacó de aquel ascensor la primera vez, con la sangre en su camisa y su pierna retorcida como un alambre.

Terminó de cepillarse el pelo, y luego empezó a pintarse los labios. Por primera vez usaba el lápiz de labios plateado y la sombra azulada para los párpados que llevaban las jovencitas; y cuando hubo terminado se contempló a sí misma en el espejo con cierto placer. A sus cuarenta años no tenía mal aspecto si cubría los diminutos lugares violáceos alrededor de sus ojos que procedían de la ginebra y del azúcar. Esta noche estaba cubriéndolos con un maquillaje comprado precisamente a tal efecto.

Después de contemplar su cara unos instantes, empezó a vestirse, poniéndose las caprichosas bragas y el sujetador de color dorado que había comprado aquella tarde, y luego los pantalones rojos y la blusa a juego. Pendientes llamativos, y finalmente unos adornos plateados en sus cabellos. Ahora parecía otra, y de pie ante el espejo experimentó al principio cierta sensación de malestar. ¿Qué clase de locura la había invadido para vestirse de aquella manera? Sin embargo, en un rincón de su mente, en aquel vago y rara vez examinado registro donde las botellas de ginebra eran contadas inexorablemente y estaban archivados los desagradables recuerdos de un marido afortunadamente muerto, ella sabía perfectamente por qué estaba haciendo esto. Pero no lo subió a la superficie de su mente para inspeccionarlo. Era experta en la técnica. Al cabo de unos instantes se sintió más acostumbrada a esta nueva apariencia de matrona-sexy y, tomando su vaso de ginebra de encima del tocador con una mano y alisando los ceñidos pantalones rojos con la otra, empujó la puerta y entró en la habitación en la que Tommy estaba sentado.

Estaba hablando por teléfono, y ella pudo ver el rostro de aquel abogado, Farnsworth, en la pequeña pantalla. Habitualmente hablaban tres o cuatro veces al día, y en cierta ocasión Farnsworth había venido con un grupo de jóvenes y se habían pasado el día entero hablando y discutiendo en el saloncito, ignorándola como si formara parte del mobiliario. Es decir, a excepción de Tommy, que se había mostrado agradable y cortés y le había dado las gracias amablemente cuando ella les había traído café a los hombres y les había ofrecido ginebra.

Se sentó en el sofá mientras él hablaba con Farnsworth, cogió una revista y la hojeó perezosamente al tiempo que apuraba su ginebra. Pero esto la aburría, y Tommy seguía hablando de un proyecto de

investigación que estaban llevando a cabo en la parte meridional del
Estado, y de vender acciones de esto y de aquello. Soltó la revista y
tomó uno de los libros de Tommy de un extremo de la mesa. Tommy
se había hecho enviar centenares de libros, y la habitación empezaba
a estar atestada de ellos. El libro resultó ser de algún tipo de poesía, y
Betty Jo lo soltó apresuradamente, tomando otro. Se llamaba *Motores
termonucleares* y estaba repleto de líneas y números. Betty Jo empezó
a sentirse estúpida de nuevo, vestida con aquellas ropas. Se levantó
y con aire decidido llenó dos vasos de ginebra, dejando uno encima
del televisor y llevándose el otro al sofá con ella. Pero a pesar de lo
estúpida que se sentía, se encontró a sí misma adoptando maquinalmente una postura seductora, de estrella de cine, en el sofá, y extendiendo sus rollizas piernas perezosamente. Contempló a Tommy por
encima del borde de su vaso, vio el reflejo de la luz de la lámpara
sobre su cabello blanco y sobre su delicada, olivácea y casi transparente
piel, y luego su graciosa mano femenina posada ligera y despreocupadamente sobre el escritorio. En aquel momento, Betty Jo empezó
a revisar conscientemente sus planes y a la suave luz, con la ginebra
calentando su estómago, empezó a sentirse excitada ante la idea de
aquel extraño y delicado cuerpo contra el suyo. Mirándole y dejando
que su imaginación jugara con la idea, supo que la emoción especial
procedía de lo que en Tommy había de raro: de su naturaleza misteriosa, poco viril, casi asexual. Tal vez era de aquellas mujeres que
gustaban de hacer el amor con tipos anormales o tullidos. Bueno, él
era las dos cosas... y a Betty Jo no le importaba, no estaba avergonzada,
con los ceñidos pantalones y la ginebra en ella. Si lograba excitarle
—suponiendo que pudiera ser excitado— estaría orgullosa de sí
misma. Y si no... él era un hombre comprensivo de todas maneras y no
se ofendería. Sintió que su corazón iba hacia él en un rápido y cálido
sentimiento; mientras terminaba su bebida sintió, por primera vez en
muchos años, una emoción parecida al amor, junto con el deseo que
había estado alimentando a lo largo del día... desde la mañana cuando
había salido con su viejo vestido estampado y había comprado bragas
y pendientes, maquillaje y pantalones, sin admitir para sí misma el significado final del vago plan que había penetrado en su mente.

Se sirvió otro vaso, diciéndose que debía comportarse con naturalidad. Pero se estaba poniendo nerviosa, esperando. Él hablaba ahora de alguien llamado Bryce, y Farnsworth estaba diciendo que el tal Bryce estaba tratando de concertar una cita, que deseaba trabajar con ellos, pero que antes quería ver a Tommy, y Tommy decía que era imposible, y Farnsworth replicaba que necesitaban a todos los hombres que Bryce fuera capaz de formar. Betty Jo empezó a impacientarse. ¿A quién le importaba el tal Bryce? Pero entonces, bruscamente, Tommy cortó la conversación, colgó el teléfono y tras un breve silencio miró a Betty Jo, sonriendo pensativamente.

—Mi nuevo hogar está preparado, en la parte meridional del Estado. ¿Le gustaría ir allí conmigo, como mi ama de llaves?

¡Menuda sorpresa! Betty Jo parpadeó.

—¿Ama de llaves?

—Sí. La casa estará lista el sábado, pero habrá muebles que colocar, cosas que arreglar... Necesito a alguien que me ayude. Y —sonrió, poniéndose en pie con la ayuda de su bastón y cojeando hacia ella— usted sabe que no me gusta tratar con desconocidos. Usted podría hablar a la gente por mí. —Se detuvo junto a ella. Betty Jo parpadeó de nuevo.

—Le he servido un trago. Está sobre el televisor.

Su oferta resultaba difícil de creer. Había oído hablar de la casa cuando vinieron los de la inmobiliaria durante la segunda semana: una enorme mansión antigua con novecientos acres de terreno, hacia el este, en las montañas.

Él cogió el vaso, lo olfateó y dijo:

—¿Ginebra?

—Pensé que le gustaría a usted probarla —dijo Betty Jo—. Es muy buena. Dulce.

—No —dijo él—. No. Pero me encantará beber un poco de vino con usted.

—Desde luego, Tommy. —Ella se puso en pie, tambaleándose un poco, y se dirigió a la cocina en busca de la botella de Sauternes y del vaso de cristal—. Usted no me necesita —gritó desde la cocina.

La voz de Tommy fue solemne:

—Sí, Betty Jo, la necesito.

Ella regresó y permaneció cerca de Tommy después de haberle entregado el vaso de vino. Era un hombre tan agradable... Casi se sintió avergonzada de sí misma por haber deseado seducirle, como si fuera un bebé. Y al mismo tiempo no podía evitar el sentirse embriagadamente divertida. Probablemente Tommy lo ignoraba casi todo acerca del sexo. Probablemente hacía pis en un orinal de plata cuando era pequeño, y echaba a correr si una chica trataba de tocarle. O tal vez era marica: cualquiera que se pasa todo el tiempo leyendo y tiene su aspecto... Pero no hablaba como un marica. A ella le gustaba oírle hablar. Ahora parecía estar cansado. Pero siempre parecía estar cansado.

Tommy se sentó trabajosamente en la butaca y dejó su bastón en el suelo, a su lado. Betty Jo se sentó en el sofá y luego se tumbó de costado, frente a él. Tommy la estaba mirando pero apenas parecía verla. Cuando tenía aquella expresión, a ella se le ponía la carne de gallina.

—Llevo ropa nueva —dijo Betty Jo.

—¿De veras?

—Sí. De veras. —Betty Jo rio con cierta petulancia—. Los pantalones me han costado veinticuatro dólares y medio, y la blusa veinte, y me he comprado ropa interior dorada y unos pendientes. —Levantó una pierna para mostrar los pantalones de color rojo vivo, y luego se rascó la rodilla a través de la tela—. Con el dinero que usted me da si quisiera podría vestir como una actriz de cine. Podría hacerme arreglar la cara, ¿sabe?, e incluso someterme a una cura de adelgazamiento. —Palpó sus pendientes por unos instantes, pensativamente, tirando de ellos y pasando la uña de su pulgar a través del suave metal, gozando de las leves punzadas dolorosas en los lóbulos de sus orejas—. Pero, no sé... Me he descuidado demasiado. Desde que Barney y yo pasamos a depender de la beneficencia perdí el interés por casi todo.

Tommy no dijo nada, y permanecieron unos instantes en silencio mientras Betty Jo terminaba su ginebra. Finalmente, él dijo:

—¿Vendrá conmigo a la casa nueva?

Ella se desperezó y bostezó, empezando a sentirse cansada.

—¿Está seguro de que realmente me necesita?

Por un instante Tommy parpadeó y su rostro adquirió una expresión que Betty Jo no había visto nunca, una expresión que le pareció suplicante.

—Sí, la necesito —dijo—. Conozco a muy poca gente...

—Desde luego —dijo ella—, iré con usted. —Hizo un gesto de cansancio—. Sería una estúpida si no lo hiciera, ya que supongo que me pagará el doble de lo que merezco.

—Bien. —El rostro de Tommy se relajó un poco. Luego se retrepó en la butaca y cogió un libro.

Antes de que pudiera iniciar la lectura, Betty Jo recordó sus planes, bastante fríos ya en aquel momento, y tras unos instantes de reticente duda hizo una tentativa final. Pero estaba soñolienta y no puso el corazón en ella.

—¿Está usted casado, Tommy? —preguntó. Tendría que haber sido una pregunta muy obvia.

Si él tenía alguna idea de las intenciones de Betty Jo, no lo dio a entender.

—Sí, estoy casado —dijo, depositando cortésmente el libro en su regazo y levantando la mirada hacia ella.

Desconcertada, Betty Jo dijo:

—Solo quería saberlo. —Y luego—: ¿Qué aspecto tiene? Me refiero a su esposa.

—Oh, se parece a mí, supongo. Es alta y delgada.

El desconcierto de Betty Jo se estaba convirtiendo en irritación. Terminó su ginebra y dijo:

—Yo también estaba delgada. —Su voz sonó con un leve acento de desafío. Luego, cansada del juego, se levantó y echó a andar hacia su dormitorio. Todo había sido una estupidez, a fin de cuentas. Y tal vez era marica... el hecho de que estuviera casado no demostraba nada en aquel sentido. De todos modos, era un tipo raro. Simpático, rico, pero tan raro como la leche verde. Todavía irritada, dijo—: Buenas noches —y entró en su habitación y empezó a despojarse de las ropas caras. Luego se sentó en el borde de la cama por un instante, con su camisón de dormir, pensando. Se sentía mucho más cómoda sin las ceñidas prendas, y cuando finalmente se tumbó, con la mente en blanco, no tuvo ninguna dificultad en caer profundamente dormida y soñar placenteramente.

9

Volaron sobre montañas, pero el pequeño avión era tan estable, y el piloto tan experto, que no se producía ningún cabeceo, casi ninguna sensación de movimiento. Volaron sobre Harlan, Kentucky, una sucia ciudad desparramada al pie de las colinas, y luego sobre amplias extensiones de terreno sin cultivar hasta adentrarse en un valle. Bryce, con un vaso de whisky en la mano, vio el lejano resplandor de un lago, con su estática superficie brillando como una gran moneda recién acuñada; y luego descendieron más, perdiendo de vista el lago, y aterrizaron sobre una franja ancha y nueva de hormigón que se extendía por el fondo llano del valle, entre retama y arcilla roja, como un absurdo diagrama euclidiano dibujado allí con tiza gris por algún dios de mentalidad geométrica.

Bryce se apeó del avión para encontrarse con el estruendo de las máquinas que removían la tierra y la confusión de los hombres con camisas color caqui y rostros enrojecidos por el calor del verano que se gritaban roncamente unos a otros, en el proceso de construir extraños edificios. Había cobertizos con maquinaria, algún tipo de enorme plataforma de hormigón, y una hilera de barracones. Por un instante, saliendo del silencio y frescor del avión refrigerado —el avión personal de Thomas Jerome Newton, enviado a Louisville para él—, quedó aturdido, mareado por el calor y el ruido, por toda aquella febril actividad sin explicación aparente.

Un joven de aspecto duro como un anuncio de cigarrillos avanzó hacia él. El hombre llevaba un casco de minero; sus brazos remangados exhibían una musculatura bronceada y juvenil; parecía el héroe de una de aquellas semiolvidadas novelas para muchachos que, en su lejana adolescencia, habían hecho que él, Bryce, decidiera convertirse en ingeniero: ingeniero químico, un hombre de ciencia y de acción. No le sonrió al joven, pensando en su propia tripa, su pelo gris y el sabor del whisky en su boca; pero le saludó inclinando la cabeza.

El hombre extendió una mano.

—¿Es usted el Profesor Bryce?

Bryce tomó la mano, esperando un apretón exageradamente firme, complacido al recibir uno moderado.

—Profesor, ya no —dijo—, pero soy Bryce.

—Bien. Bien. Yo soy Hopkins. El capataz. —La amabilidad del hombre parecía perruna, como si suplicara aprobación—. ¿Qué opina usted de todo esto, doctor Bryce? —Hizo un gesto hacia la hilera de edificios en construcción. Un poco más allá se erguía una alta torre, al parecer algún tipo de antena de radiodifusión.

Bryce se aclaró la garganta.

—No lo sé. —Empezó a preguntar qué estaban haciendo aquí, pero decidió que su ignorancia resultaría embarazosa. ¿Por qué aquel gordo bufón, Farnsworth, no le había dicho para qué le habían contratado?—. ¿Me espera el señor Newton? —dijo en voz alta, sin mirar al hombre.

—Desde luego. Desde luego. —Mostrando una súbita eficiencia, el joven le tomó del brazo y le condujo al otro lado del avión, donde un pequeño vehículo monorraíl, que había permanecido oculto, descansaba sobre una vía de un brillo opaco que serpenteaba hacia las colinas a un lado del valle como una delgada línea trazada con un lápiz de plata. Hopkins abrió la puerta posterior del vehículo, revelando una reluciente tapicería de cuero y un interior satisfactoriamente oscuro—. Esto le llevará a la casa en cinco minutos.

—¿La casa? ¿A qué distancia se encuentra?

—A unos seis kilómetros. He llamado ya y Brinnarde le recibirá a usted. Brinnarde es el secretario del señor Newton; probablemente sea él quien le entreviste.

Bryce vaciló antes de subir al vehículo.

—¿Quiere eso decir que no conoceré al señor Newton?

La idea le trastornó; después de aquellos dos años, no conocer al hombre que había inventado el Worldcolor, que controlaba las mayores refinerías de petróleo de Texas, que había desarrollado la televisión en 3D, los negativos fotográficos reutilizables, el proceso ATF en los calcos en color... el hombre que era o el genio inventivo más original del mundo, o un extraterrestre.

El joven frunció el ceño.

—Lo dudo. Yo llevo aquí seis meses y no le he visto nunca, excepto detrás de la ventanilla de este vehículo que va a transportarle a usted. Una vez a la semana suele venir aquí, para ver cómo marchan las cosas, supongo. Pero nunca se apea, y dentro hay tanta oscuridad que no resulta posible verle la cara, solo su sombra, mirando hacia fuera.

Bryce se instaló en el vehículo.

—¿No sale nunca? —Señaló con la cabeza hacia el avión, donde un grupo de mecánicos, que parecían haber brotado del suelo, revisaban los motores—. ¿No viaja en avión?

Hopkins sonrió, neciamente, le pareció a Bryce.

—Solo de noche, y entonces no se le puede ver. Es un hombre alto y delgado, según me ha dicho el piloto, pero eso es todo. El piloto no es muy hablador.

—Comprendo. —Bryce tocó el pomo de la puerta, que empezó a cerrarse silenciosamente.

Antes de que se cerrara del todo, Hopkins dijo: «¡Suerte!», y Bryce respondió rápidamente: «¡Gracias!», pero no supo a ciencia cierta si su voz había sido cortada o no por la puerta.

Al igual que el avión, el vehículo estaba insonorizado y refrigerado. Y al igual que el avión también, empezó a moverse con una aceleración casi imperceptible, ganando velocidad tan suavemente que había muy poca sensación de movimiento. Bryce aclaró la transparencia de las ventanillas haciendo girar la pequeña manecilla de color plateado destinada a tal fin, y contempló los cobertizos de aluminio de frágil aspecto, y los grupos de obreros... un espectáculo insólito y, en su opinión, satisfactorio, en aquella época de fábricas automatizadas y jornadas de trabajo de seis horas. Los hombres trabajaban resolutivamente, sudando bajo el sol de Kentucky. Bryce pensó que debían pagarles muy bien para que vinieran a este lugar desierto, tan lejos de campos de golf, casinos municipales y otros consuelos del trabajador. Vio a un joven —la mayoría de ellos parecían jóvenes— sentado en lo alto de una excavadora, sonriendo con el placer de empujar grandes cantidades de barro; por un instante, Bryce envidió su trabajo y su juvenil e incondicional confianza bajo el cálido sol.

Un momento más tarde había perdido de vista el emplazamiento de las construcciones y avanzaba a través de colinas densamente arboladas, tan aprisa ahora que los árboles cerca de él eran un borrón de luz solar y hojas verdes, de luz y sombra. Se reclinó hacia atrás, contra los almohadones extraordinariamente cómodos, tratando de disfrutar del viaje. Pero estaba demasiado excitado para relajarse, demasiado trastornado por la rapidez de los acontecimientos, y por la emoción que le producía aquel lugar nuevo y extraño... tan maravillosamente lejos de Iowa, de universitarios, de intelectuales barbudos, de hombres como Canutti. Miró hacia las ventanillas, contemplando el relampagueo cada vez más rápido de luz, sombra, luz, verde claro y sombra oscura; y luego, bruscamente delante de él, mientras el vehículo trepaba por una elevación del terreno, vio el resplandor del lago, extendido en un hueco como una lámina de metal de un maravilloso gris azulado, un disco gigantesco, sereno. Inmediatamente detrás, en la sombra de una montaña, se alzaba una enorme y antigua casa blanca con un porche lleno de blancas columnas y amplias ventanas con las persianas echadas, reposando tranquilamente a orillas del gran lago, al pie de la montaña. Luego, la casa y el lago, vistos a lo lejos, se desvanecieron detrás de otra colina mientras la vía del monorraíl descendía, y Bryce se dio cuenta de que el vehículo empezaba a perder velocidad. Poco después la casa y el lago reaparecieron y el vehículo trazó una ancha curva deslizándose a lo largo de la orilla del agua, inclinándose suavemente, y Bryce vio a un hombre de pie, esperándole, al lado de la casa. El vehículo se detuvo con una increíble suavidad. Bryce respiró profundamente, tocó el pomo de la puerta y contempló cómo se abría silenciosamente. Se apeó del vehículo a la sombra de la montaña, al olor de los pinos y al suave y casi inaudible sonido del agua chapoteando contra la orilla del lago. El hombre era bajito y moreno, con pequeños ojos brillantes y bigote. Avanzó unos pasos, sonriendo ceremoniosamente.

—¿Doctor Bryce? —Su acento era francés.

Sintiéndose súbitamente estimulado, Bryce respondió:

—*Monsieur Brinnarde?* —Extendió su mano hacia el hombre—. *Enchanté.*

El hombre tomó su mano, con las cejas ligeramente enarcadas.

—*Soyez le bienvenu, Monsieur le Docteur. Monsieur Newton vous attend. Alors...*

Bryce contuvo la respiración.

—¿Voy a hablar con Newton?

—Sí. Le mostraré el camino.

Dentro de la casa fue acogido por tres gatos, que le miraron desde el suelo donde habían estado jugando. Parecían vulgares gatos callejeros, pero bien alimentados, y le vieron entrar con visible desdén. A Bryce no le gustaban los gatos. El francés le condujo silenciosamente a través del vestíbulo y a lo largo de una escalera pesadamente alfombrada. Había cuadros en las paredes: cuadros raros, de aspecto valioso, de pintores que Bryce no reconoció. La escalera era muy ancha y curvada. Observó que tenía uno de aquellos asientos provistos de motor, plegado ahora, que podían subir y bajar adosados a la barandilla. ¿Podía ser Newton un tullido? En la casa no parecía haber nadie más, aparte de ellos dos y los gatos. Bryce miró hacia atrás; todavía le estaban mirando, con los ojos muy abiertos, curiosos e insolentes.

En lo alto de la escalera había un vestíbulo, y al extremo del vestíbulo una puerta que conducía obviamente a la habitación de Newton. Se abrió y apareció una mujer rolliza, de ojos más bien tristes, que llevaba un delantal. Se dirigió hacia ellos, miró a Bryce y le dijo:

—Supongo que es usted el Profesor Bryce. —Su voz, amable y gutural, tenía cierto acento rural.

Bryce asintió, y la mujer le condujo hasta la puerta. Entró solo, notando con desaliento que respiraba con cierta agitación y le temblaban un poco las piernas.

La habitación era inmensa y su temperatura muy fría. La luz penetraba muy tamizada por un enorme ventanal, solo ligeramente translúcido, que dominaba el lago. Parecía haber muebles por todas partes, en un desconcertante despliegue de colores: las pesadas formas de divanes, una mesa, escritorios, una profusión de azules, grises y anaranjados desteñidos a medida que sus ojos se acostumbraban a la pálida luz amarillenta. Dos cuadros colgaban de la pared del fondo; uno de ellos era un aguafuerte de un ave gigantesca, una garza real o una grulla; el otro una nerviosa abstracción estilo Klee. Tal vez era un Klee. Las dos obras resultaban disonantes. En el rincón había una jaula gigantesca, con un papagayo púrpura y rojo, al parecer dormido. Y ahora, andando hacia él lentamente, apoyándose en un bastón, había un hombre alto y delgado, de facciones poco definidas.

—¿Profesor Bryce? —La voz era clara, con un leve acento, agradable.

—Sí. ¿Es usted... el señor Newton?

—El mismo. ¿Por qué no se sienta y hablamos un poco?

Bryce se sentó, y hablaron durante varios minutos. Newton era un individuo afable, de modales algo rígidos, pero no resultaba imponente ni esnob. Tenía mucha dignidad natural, y habló de la pintura que Bryce mencionó —resultó ser un Klee— con interés e inteligencia. Mientras hablaba se puso en pie un instante para señalar un detalle, y Bryce pudo echar su primera buena mirada al rostro del hombre. Era un rostro delicado, de facciones bellas, casi femenino, con un toque de misterio. Inmediatamente, la idea, la absurda idea que le había preocupado durante más de un año, volvió a asaltarle con fuerza. Por un instante, viendo al hombre alto y extraño apuntando un delicado dedo hacia una nerviosa pintura abstracta en aquella semioscuridad, la idea no le pareció absurda. Pero lo era; y cuando Newton se volvió de nuevo hacia él, sonrió y dijo «creo que deberíamos beber algo, Profesor Bryce», la ilusión se desvaneció del todo y Bryce recobró el sentido común. Había hombres de aspecto más raro que este en el mundo, y habían existido brillantes inventores antes.

—Con mucho gusto —dijo. Y luego—: Sé que está usted muy ocupado.

—En absoluto. —Newton sonrió cordialmente, dirigiéndose hacia la puerta—. Hoy no, al menos. ¿Qué prefiere beber?

—Whisky. —Empezó a añadir «si tiene», pero se controló a sí mismo. Imaginó que Newton tendría—. Whisky con agua.

En vez de apretar un botón o golpear un gong —en esta casa golpear un gong no hubiera parecido fuera de lugar—, Newton se limitó a abrir la puerta y llamó:

—Betty Jo. —Cuando la mujer contestó, dijo—: Tráigale whisky al Profesor Bryce, con agua y hielo. Yo tomaré mi ginebra seca. —Luego cerró la puerta y regresó a su asiento—. Hace muy poco que me he aficionado a la ginebra.

En su fuero interno, Bryce se estremeció ante la idea de una ginebra seca.

—Bien, Profesor Bryce, ¿qué opina usted de lo que tenemos aquí? Supongo que vio toda la... actividad al bajar del avión.

Bryce se retrepó en su butaca, sintiéndose ahora más a sus anchas. Newton parecía sinceramente interesado en oír lo que él tenía que decir.

—Sí. Me ha parecido muy interesante. Pero, a decir verdad, no sé qué están construyendo ustedes.

Newton le miró fijamente, y luego se echó a reír.

—¿No se lo ha contado Oliver en Nueva York?

Bryce negó con la cabeza.

—Oliver puede ser muy reservado. Desde luego, nunca imaginé que pudiera serlo tanto. —Newton sonrió, y por primera vez Bryce se sintió vagamente molesto por la sonrisa, aunque no supo exactamente qué era lo que le molestaba—. ¿Quizá por eso quería usted verme?

Lo dijo como si no tuviera especial interés en el tema.

—Es posible —dijo Bryce—. Pero tenía también otros motivos.

—Sí... —empezó a decir Newton, pero se interrumpió cuando se abrió la puerta y entró Betty Jo, portando las botellas y vasos sobre una bandeja. Bryce la observó con atención. Era una mujer de mediana edad, con cierto atractivo, del tipo que uno espera encontrar en una función de tarde o en un club de bridge. Pero su rostro no era vacuo ni estúpido, y había calor, un rastro de buen humor o diversión, alrededor de sus ojos y en sus gruesos labios. Pero no parecía encajar como único sirviente visible de este millonario. Ella no dijo nada y dejó las bebidas sobre la mesa, y cuando pasó por delante de él al retirarse, Bryce quedó asombrado ante el inconfundible olor a licor y perfume que dejó detrás.

La botella de whisky estaba recién abierta, y Bryce se sirvió entre divertido y asombrado. ¿Era así como funcionaban las cosas en casa de los científicos millonarios? ¿Uno pedía un trago y una sirvienta medio borracha se presentaba con una botella entera? Tal vez era el mejor sistema. Los dos hombres escanciaron el licor en silencio, y luego, tras el primer sorbo, Newton dijo inesperadamente:

—Se trata de un vehículo espacial.

Bryce parpadeó, sin comprender a qué se refería el hombre.

—¿Cómo dice?

—Lo que estamos construyendo aquí será un vehículo espacial.

—¿Eh? —Era una sorpresa, pero no excesiva. Las naves espaciales, no tripuladas por hombres, de un tipo u otro, eran bastante corrientes... Incluso el bloque cubano había lanzado una hacía unos cuantos meses.

—Entonces, ¿quiere usted que me ocupe de los metales para la estructura?

—No. —Newton estaba sorbiendo su bebida lentamente y mirando a través de la ventana como si pensara en otra cosa—. La estructura ya está completamente acabada. Me gustaría que trabajara usted en los sistemas de transporte de combustible... que encontrara materiales capaces de contener algunos de los productos químicos, tales como combustibles y desechos, etcétera. —Se volvió hacia Bryce, sonriendo de nuevo, y Bryce comprobó que la sonrisa resultaba vagamente inquietante debido a que había en ella un asomo de incomprensible aburrimiento—. Temo que sé muy poco acerca de materiales... calor, y resistencia al ácido, y tensiones. Oliver dijo que era usted uno de los mejores hombres para ese tipo de trabajo.

—Es posible que Farnsworth me haya sobrevalorado, pero conozco el trabajo bastante bien.

Aquello pareció zanjar el tema, y los dos hombres permanecieron unos instantes en silencio. Desde el momento en que Newton había mencionado un vehículo espacial, la antigua sospecha había vuelto, desde luego. Pero con ella llegó la obvia refutación: si Newton, por irracionalmente absurdo que pareciera, procedía de otro planeta, él y su gente no estarían construyendo una nave espacial. Eso sería lo único que ciertamente ya tendrían. Sonrió para sus adentros ante el nivel de ciencia ficción barata de sus propios pensamientos. Si Newton fuera un marciano o un venusiano, debería, por lógica, estar importando rayos caloríferos para carbonizar Nueva York, o planeando desintegrar Chicago, o transportando a jovencitas a cuevas subterráneas para sacrificios de otros mundos. ¿Betty Jo? Dejando volar la imaginación, por el whisky y la fatiga, casi rio en voz alta ante la idea: Betty Jo, en un poster cinematográfico, con Newton detrás de una escafandra de plástico, amenazándola con una pistola de rayos, una enorme pistola plateada con pesadas aletas convectoras y pequeños y brillantes zigzags brotando de ella. Newton seguía mirando distraídamente a través de la ventana. Había terminado ya su primera ginebra y se había servido otra. ¿Un marciano borrachín? ¿Un extraterrestre que bebía ginebra seca?

Newton, que se había expresado bruscamente, aunque sin rudeza, se giró ahora y volvió a hablar con brusquedad.

—¿Por qué quería usted verme, señor Bryce? —Su voz no era exigente, solo curiosa.

La pregunta le pilló desprevenido, y Bryce vaciló, sirviéndose otro trago para cubrir la pausa. Luego dijo:

—Quedé impresionado por su trabajo. Las películas fotográficas... el color, los rayos X... y sus innovaciones en el campo de la electrónica. Pensé que eran las ideas más... más originales que había visto en muchos años.

—Gracias. —Newton parecía más interesado ahora—. Creí que muy pocas personas sabían que yo era... el responsable de esas cosas.

El tono cansado y desapasionado de Newton hizo que Bryce se sintiera ligeramente avergonzado de sí mismo, avergonzado de la curiosidad que le impulsó seguir el rastro de la W. E. Corporation hasta llegar a Farnsworth, y a importunar a Farnsworth para que concertara esta entrevista. Se sentía como un niño que ha tratado de llamar la atención de un padre indulgente y ha fracasado, logrando únicamente molestar y aburrir al hombre. Por un instante pensó que podía estar ruborizándose, y agradeció lo escaso de la luz en la habitación por si eso era cierto.

—Yo... Siempre he admirado una mente privilegiada...

Se encontraba en un apuro y sabía, maldiciéndose a sí mismo, que estaba comportándose como un colegial. Pero cuando Newton respondió en tono modesto y cortés, Bryce recobró de golpe la serenidad al darse cuenta en un instante de que el otro hombre podía estar borracho. Oyó el lejano, apático y ligeramente confuso discurso, vio la expresión desenfocada de los grandes ojos del hombre, y vio que Newton, casi imperceptiblemente, estaba o muy borracho —silenciosa, tranquilamente borracho— o muy enfermo. Y de pronto sintió una oleada de cálido afecto —¿estaba borracho también él?— hacia el hombre delgado y solitario. ¿Acaso Newton, maestro de la tranquila embriaguez matinal, estaba buscando también... algo que pudiera proporcionarle a un hombre cuerdo en un mundo loco un motivo para no estar borracho por la mañana? ¿O era esto solamente una de las notorias aberraciones del genio, una especie de salvaje y solitaria abstracción, el ozono de una inteligencia eléctrica?

—¿Ha arreglado Oliver con usted el tema referente a su sueldo? ¿Le satisface a usted?

—Todo ha quedado perfectamente concretado. —Bryce se puso en pie, reconociendo que la pregunta de Newton cerraba la entrevista—. Estoy muy satisfecho del sueldo. —Y entonces, antes de proceder a marcharse, dijo—: ¿Puedo hacerle una pregunta antes de marcharme, señor Newton?

Newton apenas pareció oírle; estaba mirando aún a través de la ventana, con el vaso vacío en sus frágiles dedos, y su rostro liso, sin arrugas, pero de aspecto muy viejo.

—Desde luego, Profesor Bryce —dijo con voz muy suave, casi un susurro.

Bryce se sintió de nuevo en un apuro. El hombre era tan imposiblemente amable... Carraspeó y observó que, al otro lado de la habitación, el papagayo estaba despierto, mirándole con la misma expresión de curiosidad con que le habían mirado los gatos. Quedó desconcertado, y ahora tuvo la seguridad de que estaba ruborizándose. Tartamudeó:

—No tiene importancia, en realidad. Yo... se lo preguntaré en otro momento.

Newton le miró como si no le hubiera oído pero todavía esperase oírle. Dijo:

—Desde luego. En otro momento.

Bryce se despidió, salió de la habitación y parpadeó ante la intensidad de la luz. Cuando llegó al vestíbulo inferior, los gatos habían desaparecido.

10

Durante los meses siguientes, Bryce estuvo más ocupado que en toda su vida hasta entonces. Desde el momento en que Brinnarde le había acompañado al salir de la casa grande a los laboratorios de investigación, al otro extremo del lago, se había sumergido, con una voluntad y un fervor extraños en él, en una multiplicidad de tareas que Newton le había encomendado. Siempre había aleaciones que elegir y desarrollar, interminables pruebas que realizar, calificaciones fantásticamente ideales de calor y resistencia al ácido para ser aplicadas a plásticos, metales, resinas y cerámicas. Era un trabajo para el cual su adiestramiento le capacitaba idealmente, y se adaptó a él con gran rapidez. Tenía una plantilla de catorce hombres a sus órdenes, un inmenso laboratorio en un cobertizo de aluminio, un presupuesto prácticamente ilimitado, una pequeña vivienda particular de cuatro habitaciones, y *carte blanche* —que nunca había utilizado— para desplazarse en avión a Louisville, Chicago o Nueva York. Desde luego, se producían tensiones y confusiones, especialmente cuando no llegaban a tiempo equipos y materiales necesarios, y en ocasiones peleas entre sus ayudantes, pero aquellos problemas no tenían nunca la entidad suficiente para incidir en más de uno de los múltiples aspectos del trabajo. Si bien no era feliz, Bryce estaba demasiado ocupado como para sentirse desgraciado. Estaba absorbido, comprometido, como nunca lo había estado en su época de profesor, y era consciente de que muchas cosas de su vida dependían de este trabajo. Sabía que había roto por completo con la enseñanza, del mismo modo que había roto, años antes, con el trabajo para el gobierno, y que era imprescindible que creyera en su tarea actual. Era demasiado viejo para volver a fracasar, para volver a hundirse en la desesperación; nunca podría recuperarse. En una serie de acontecimientos que habían empezado con una cinta de fulminantes y habían dependido de una absurda especulación de ciencia ficción, había logrado un empleo en el que muchos hombres soñarían. A menudo se descubría a sí mismo trabajando a altas horas de la noche, absorto en su tarea; y no bebía ya por las mañanas. Había plazos prefijados, determinados diseños tenían que estar listos para ser producidos en fechas determinadas, pero a Bryce no le preocupaban. Marchaba por delante de lo previsto. Ocasionalmente, el hecho de que el trabajo fuera investigación aplicada y no investigación elemental pura era un motivo de preocupación para él; pero ahora era también demasiado viejo y estaba lo suficientemente desilusionado como para que pudiera sentirse afectado por cuestiones de honor y de integridad. Quizá el único problema moral consistía en si estaba trabajando o no en una nueva arma, en un nuevo medio para destrozar hombres y destruir ciudades. Y la respuesta a eso era negativa. Estaban construyendo un vehículo para transportar instrumentos alrededor del sistema solar, y esto era en sí mismo si no valioso, al menos inofensivo.

Una parte rutinaria de su trabajo consistía en cotejar sus progresos con la lista de especificaciones de Newton que Brinnarde le había entregado. Aquella lista, que él consideraba como el «inventario del fontanero», consistía principalmente en especificaciones para centenares de piezas menores de refrigeración, control de combustible y sistemas de orientación, especificaciones que requerían determinadas medidas de conductividad térmica, resistencia eléctrica, estabilidad química, masa, temperatura de ignición, etcétera. La tarea de Bryce consistía en encontrar el material más adecuado posible o, si esto no era posible, encontrar el más aproximado al tipo ideal. En muchos casos esto resultaba bastante fácil, hasta el punto de que Bryce no podía evitar el maravillarse de la ignorancia de Newton en lo relativo a materiales; pero en algunos casos las especificaciones no podían ser cubiertas por ninguna sustancia conocida. En tales casos se veía obligado a evaluarlo con los ingenieros proyectistas y buscar la mejor fórmula de compromiso posible. Esta fórmula era entregada a Brinnarde, que a su vez la entregaba a Newton para su aprobación definitiva. Los ingenieros proyectistas le dijeron que se habían encontrado con este tipo de problema continuamente, durante los seis meses que el proyecto llevaba en marcha; los diseños de Newton eran realmente geniales, lo más sofisticado que habían visto, e incluían un millar de asombrosas innovaciones, pero habían tenido que hacer un montón de concesiones, y la construcción de la nave en sí no se iniciaría hasta dentro de un año. Se había previsto que el proyecto quedara terminado dentro de seis años —en 1990—, y todo el mundo parecía albergar serias dudas acerca de la probabilidad de terminarlo en aquella fecha. Pero esta especulación no inquietaba demasiado a Bryce. A pesar de la ambigua naturaleza de su entrevista con Newton, tenía una inmensa confianza en la capacidad científica de aquel extraño personaje.

Luego, una fría noche, tres meses después de su llegada a Kentucky, Bryce hizo un descubrimiento. Eran casi las doce y estaba solo en su oficina en un ala del edificio del laboratorio, revisando cansado unas hojas de especificaciones, pero sin ganas de marcharse a casa, ya que la noche era agradable y él disfrutaba en medio del silencio del laboratorio. Estaba examinando uno de los diagramas de Newton —un esquema del sistema de enfriamiento destinado a eliminar la reabsorción del calor— y estableciendo la relación entre las diversas piezas cuando empezó a sentirse vagamente incomodado por algo que no parecía encajar del todo en las medidas y los cálculos. Durante varios minutos masticó el extremo de su lápiz, mirando primero fijamente el diagrama y luego a través de la ventana que daba al lago. No había ningún error en las cifras, pero sí algo que le intranquilizaba. Lo había observado antes, en un rincón de su mente; pero siempre le había resultado imposible señalar la discrepancia. En el exterior, una clara media luna estaba suspendida sobre el negro lago y ocultos insectos chirriaban en la lejanía. Todo parecía raro... como un paisaje lunar. Volvió a mirar el papel posado sobre el escritorio, delante de él. El grupo central de cifras era una progresión de valores térmicos —valores en una secuencia

irregular—, especificaciones de tanteo de Newton para un tipo de
tubería. Algo en la secuencia resultaba sugestivo: parecía una progresión logarítmica, pero no lo era. Pero, entonces, ¿qué era? ¿Por qué
había escogido Newton esta serie particular de valores y no otros?
Tenía que ser algo arbitrario. Los valores concretos no contaban,
de todos modos. Solo eran requerimientos de tanteo; a Bryce le
correspondía encontrar los valores reales para el material más apto
para satisfacer las especificaciones. Miró fijamente las cifras sobre
el papel, sumido en una especie de hipnosis, hasta que los números
parecieron ascender y mezclarse delante de sus ojos y perder todo
significado para él excepto por su trazado. Parpadeó y luego, con
un esfuerzo de voluntad, apartó la mirada, fijándola de nuevo en la
noche de Kentucky a través de la ventana. La luna había cambiado
de posición y estaba ahora cubierta por las colinas que se erguían
más allá del lago. Al otro lado de las aguas oscuras una débil luz ardía
en el segundo piso de la casa grande, probablemente en el estudio de
Newton, y en lo alto las estrellas, una miríada de pequeñas cabezas
de alfiler, cubrían el negro cielo como motas de polvo luminoso. De
pronto, sin motivo aparente, una rana empezó a croar más allá de
la ventana, sobresaltando a Bryce. La rana continuó llamando sin
que ninguna compañera le contestara, durante varios minutos, aga-
chada en algún lugar húmedo; Bryce podía visualizar su cuerpo de
semirreptil acurrucado, con las patas debajo de la barbilla, sobre una
hierba fría y húmeda de rocío. El sonido pareció vibrar sobre el lago,
rítmicamente, y luego se interrumpió de pronto, dejando los oídos
de Bryce insatisfechos por unos instantes, esperando la cadencia final
que nunca llegó. Pero los insectos regresaron, a coro, y Bryce volvió
distraídamente su atención al papel que tenía delante, y fue entonces
cuando vio fácilmente, en un instante de lucidez, mientras sus ojos
se limitaban a recorrer las cifras familiares de un modo maquinal,
lo que le había intrigado. Era una progresión logarítmica; tenía que
serlo. Pero el logaritmo no era familiar —no de base diez, o dos,
o pi—, sino completamente desconocido. Bryce tomó su regla de
cálculo de encima del escritorio y, desaparecido todo su cansancio,
empezó a efectuar divisiones de tanteo y error...

Al cabo de una hora se puso en pie, flexionó los brazos y salió de la oficina, andando a través de la hierba húmeda hasta la orilla del lago. La luna había vuelto a aparecer; contempló su reflejo sobre el agua unos instantes y luego miró hacia la ventana de Newton y formuló en voz alta la pregunta que había estado tomando forma en su mente durante veinte minutos: «¿Qué tipo de hombre calcularía con logaritmos de base doce?». La luz de la ventana de Newton, mucho más débil que la de la luna, le devolvió su mirada fríamente, y a sus pies el agua chapoteó suavemente contra la orilla en una leve cadencia, monótona, tranquila y tan antigua como el mundo.

1988:
RUMPLESTILTSKIN

1

En otoño, las montañas que rodeaban el lago adquirían tonos rojizos, amarillentos, anaranjados y pardos. El agua, bajo un cielo más frío, era más azul; reflejaba a trechos los colores de los árboles en las montañas. Cuando soplaba el viento, empujando olas delante de él, rojos y amarillos brillaban en el agua, y caían hojas.

Desde la puerta de su laboratorio, Bryce, perdido a menudo en sus pensamientos, miraba a través del agua hacia las montañas y hacia la casa en la que vivía T. J. Newton. La casa se encontraba a dos kilómetros de distancia del semicírculo de construcciones de aluminio y de madera contrachapada entre las cuales se incluía el laboratorio; al otro lado del semicírculo, cuando brillaba el sol, resplandecía el bruñido casco de la Cosa: el Proyecto, el Vehículo, o lo que fuera. A veces, la vista del monolito plateado hacía que Bryce sintiera algo parecido al orgullo; a veces solo le parecía ridículo, como una ilustración de un cuento espacial para niños; y a veces le asustaba. Desde el umbral de su puerta podía mirar directamente a través del lago hacia la otra orilla deshabitada y ver el peculiar contraste —que ya había observado antes y a menudo— entre las estructuras de cada extremo del panorama: a su derecha la antigua mansión victoriana, con grandes ventanales, entramado de madera blanca, enormes e inútiles columnas en sus tres porches, un hogar construido con severo orgullo e indudable mal gusto por algún desconocido magnate del tabaco, del carbón o de la madera más de un siglo atrás; y a su izquierda la más austera y futurista de todas las construcciones, una nave espacial. Una nave espacial erguida en un pasto de Kentucky, rodeada de montañas otoñales, propiedad de un hombre que había decidido vivir en una mansión con una sirvienta borracha, con un secretario francés, con papagayos, cuadros y gatos. Entre la nave y la casa se hallaban el agua, las montañas, el propio Bryce y el cielo.

Un mañana de noviembre, cuando la juvenil seriedad de uno de sus ayudantes de laboratorio provocó en él un acceso de su antigua desesperación por el trabajo científico y por los aires de los jóvenes que lo practicaban, se dirigió hacia la puerta y pasó varios minutos contemplando el paisaje familiar. Repentinamente, decidió dar un paseo; hasta entonces no se le había ocurrido nunca pasear alrededor del lago. No había ningún motivo para que no lo hiciera.

El aire era frío, y por un instante pensó que debería regresar al laboratorio en busca de su chaqueta. Pero el sol calentaba todo lo que cabía esperar en una suave mañana de noviembre y, junto a la orilla y lejos de la sombra, se sentía bastante bien. Caminó en dirección a la casa grande, alejándose de las construcciones y de la nave. Llevaba una vieja camisa de lana a cuadros, un regalo de hacía diez años de su difunta esposa; después de recorrer poco más de un kilómetro se vio obligado a subirse las mangas hasta los codos, ya que habían empezado a picarle con el calor de su cuerpo. Sus antebrazos, delgados, blancos y velludos, parecían asombrosamente pálidos a la luz del sol: los brazos de un hombre muy viejo. El suelo estaba cubierto de gravilla, y ocasionalmente de hierba. Bryce vio varias ardillas y un conejo. Pasó por delante de varios edificios y de una especie de herrería; algunos hombres le saludaron agitando la mano. Uno de ellos le llamó por su nombre, pero Bryce no le reconoció. Les devolvió el saludo, sonriendo. Moderó el paso y dejó que su mente vagara sin rumbo fijo. En un momento determinado se detuvo y trató de hacer rebotar unas cuantas piedras planas sobre el lago, pero solo tuvo éxito con una de ellas, que rebotó una sola vez. Las otras, mal lanzadas, se hundieron en cuanto establecieron contacto con el agua. Bryce sacudió la cabeza ante su falta de habilidad. Muy arriba, una docena de pájaros volaron silenciosamente surcando el cielo. Siguió andando.

No era aún mediodía cuando pasó por delante de la casa, que parecía cerrada y silenciosa, irguiéndose a varias docenas de metros por

encima de la orilla del agua. Bryce miró hacia el ventanal del piso
superior, pero no pudo ver nada salvo el reflejo del cielo en el cristal.
Por entonces el sol estaba casi encima de su cabeza, como correspondía a aquella época del año, y Bryce continuó su paseo a lo largo
de la playa deshabitada en el extremo más lejano del lago. La hierba
era ahora más espesa; incluso había algunos arbustos y unos cuantos troncos podridos. Pensó momentáneamente en serpientes, a las
que aborrecía, pero desechó la idea. Vio un lagarto, sentado inmóvil
sobre una piedra, con sus ojos como cristal. Empezó a sentir hambre,
y se preguntó ociosamente qué haría para resolver aquel problema.
Cansado, se sentó en un tronco a orillas del agua, desabotonó su
camisa, se secó la nuca con su pañuelo y contempló fijamente el
agua. Por un momento se sintió como Henry Thoreau, y esbozó
una sonrisa ante aquella sensación. *La mayoría de los hombres llevan
unas vidas de discreta desesperación.* Volvió a mirar hacia la casa, parcialmente oculta ahora por los árboles. Alguien, todavía muy lejos,
estaba andando hacia él. Parpadeó a la intensa luz, frunció los ojos y
acabó por reconocer a T. J. Newton. Apoyó sus codos en sus rodillas y
esperó. Empezó a sentirse nervioso.

Newton llevaba una pequeña cesta en su brazo. Vestía una camisa
blanca de manga corta y unos pantalones de color gris. Andaba lentamente, con su alto cuerpo erguido, pero sin la menor rigidez en
sus movimientos. Había algo indefiniblemente raro en su modo de
andar, algo que le recordó a Bryce el primer homosexual que había
visto, cuando era demasiado joven para saber lo que era un homosexual. Newton no andaba de aquella manera; pero andaba como
Bryce no había visto andar a nadie: con ligereza y pesadez al mismo
tiempo.

Cuando Newton estuvo lo bastante cerca para ser oído, dijo:

—Traigo un poco de queso y vino.

Llevaba gafas oscuras.

—Estupendo —Bryce se puso en pie—. ¿Me vio usted cuando pasé
por delante de la casa?

—Sí. —El tronco era bastante largo y de forma semicircular.
Newton se sentó en el otro extremo, dejando la cesta a sus pies.

Extrajo una botella y un sacacorchos y los tendió hacia Bryce—.
¿Quiere usted abrirla?

—Lo intentaré. —Tomó la botella, observando al hacerlo que los
brazos de Newton eran tan delgados y pálidos como los suyos, pero
sin vello. Los dedos eran muy largos y esbeltos, con los nudillos más
pequeños que había visto nunca. Las manos temblaron ligeramente
cuando Newton le tendió la botella.

El vino era un Beaujolais. Bryce sostuvo la botella, fría y mojada,
entre sus rodillas y empezó a descorcharla. Esta era una operación
que dominaba perfectamente, a diferencia del lanzamiento de piedras
planas sobre el agua. Sacó el tapón, con un claro y satisfactorio *pop*, a
la primera tentativa. Newton se acercó con dos vasos —no vasos para
vino, sino cubiletes— y los sostuvo para que Bryce los llenara.

—Sea generoso —dijo Newton, sonriendo; y Bryce llenó los cubiletes casi hasta el borde. La voz de Newton era agradable; el leve
acento parecía completamente natural.

El vino era excelente, frío y fragante en su seca garganta. Calentó
su estómago instantáneamente con el doble placer que de antiguo
produce el alcohol —físico y espiritual—, el placer que mantiene en
funcionamiento a tantos hombres, que había mantenido en funcionamiento a Bryce durante años enteros. El queso era un cheddar,
fuerte, viejo y escamoso. Comieron y bebieron en silencio durante
varios minutos. Estaban a la sombra, y Bryce bajó las mangas de su
camisa. Ahora que había dejado de andar, volvía a sentir frío. Se preguntó por qué Newton, con sus ropas ligeras, no parecía tener frío.
Parecía el tipo de hombre que se sienta junto a una fogata, envuelto
en una manta: el personaje que George Arliss había interpretado
en películas antiguas: delgado, pálido, insensible. Pero ¿quién podía
decir qué clase de persona era? Podría ser un conde vagamente
extranjero en una comedia inglesa, o un Hamlet envejeciendo; o el
científico loco, planeando discretamente la destrucción del mundo;
o un Cortés sin ostentación, construyendo calladamente su ciudadela
con mano de obra local. La idea de Cortés le recordó su antigua idea,
nunca completamente olvidada, de que Newton podría ser un extraterrestre. En este momento, casi cualquier cosa parecía posible; no

era tan absurdo que él, Nathan Bryce, pudiera estar comiendo queso y bebiendo vino con un hombre de Marte. ¿Por qué no? Cortés había conquistado México con unos cuatrocientos hombres; ¿podría un hombre de Marte hacerlo solo? Parecía posible, mientras permanecía sentado con el vino en su estómago y el sol en su cara. Newton estaba sentado a su lado, masticando delicadamente, y luego sorbiendo, con su espalda erguida. Su perfil recordaba el de Ichabod Crane. ¿Cómo podía él, Bryce, estar seguro de que si Newton procedía de Marte era el único que había llegado hasta allí? ¿Por qué no había pensado antes en eso? ¿Por qué no cuatrocientos marcianos, o cuatro mil? Volvió a observarle, y Newton le devolvió la mirada y sonrió gravemente. ¿De Marte? Probablemente lituano, o de Massachusetts. Sintiéndose un poco borracho —¿cuánto hacía que no se había emborrachado antes de que anocheciera?—, miró inquisitivamente a Newton y dijo:

—¿Es usted lituano?

—No. —Newton estaba mirando hacia el lago, y no se giró para contestar a Bryce. Luego dijo, bruscamente—: Todo este lago me pertenece. Lo compré.

—Es muy bonito. —Bryce apuró el contenido de su vaso: era el último vino de la botella.

—Una gran cantidad de agua —dijo Newton. Luego, volviéndose hacia Bryce—: ¿Cuánta, según usted?

—¿Cuánta agua?

—Sí. —Newton partió distraídamente un trozo de queso y empezó a mordisquearlo.

—Cielos... no lo sé. ¿Veinte millones de litros? ¿Cuarenta? —Bryce se echó a reír—. Apenas puedo calcular la cantidad de ácido sulfúrico en una probeta. —Miró al lago—. ¿Ochenta millones de litros? Demonios, no tengo por qué saberlo. Yo soy un especialista. —Luego, recordando la reputación de Newton—: Pero usted no lo es. Usted conoce todas las ciencias que existen. Y tal vez algunas que no existen.

—Tonterías. Yo no soy más que un... inventor. Suponiendo que lo sea. —Newton terminó su queso—. Creo que soy más especialista que usted.

—¿En qué?

Newton permaneció silencioso unos instantes. Luego dijo:

—Eso resultaría difícil de decir. —Sonrió de nuevo, enigmáticamente—. ¿Le gusta la ginebra sola?

—No demasiado.

—Tengo una botella aquí. —Newton alargó una mano hacia la cesta que estaba a sus pies y sacó una botella. Bruscamente, Bryce se echó a reír. No pudo evitarlo: Ichabod Crane con una botella de ginebra en su cesta de la merienda. Newton le sirvió un cubilete, y luego llenó el suyo. Súbitamente dijo, sin soltar la botella—: Bebo demasiado.

—Todo el mundo bebe demasiado.

Bryce probó la ginebra. No le gustó; para él, la ginebra había tenido siempre sabor a perfume. Pero se la bebió. Un hombre no tiene a menudo la oportunidad de emborracharse con el jefe. ¿Y cuántos jefes son Ichabod Crane-Hamlet-Cortés, recién llegados de Marte y a punto de conquistar el mundo con una nave espacial a finales de año? A Bryce le dolía la espalda y se dejó deslizar hasta la hierba, apoyándose contra el tronco, con los pies apuntando hacia el agua del lago. ¿Ciento veinte millones de litros? Tomó otro sorbo de ginebra y luego pescó un aplastado paquete de cigarrillos de su bolsillo y ofreció uno a Newton. Newton continuaba sentado en el tronco y, tal como ahora le veía Bryce, en una posición más baja, parecía más alto y más lejano que nunca.

—Fumé una vez, hace cosa de un año —dijo Newton—. Sufrí un mareo espantoso.

—Bueno —dijo Bryce, con el cigarrillo en la mano—. ¿Prefiere usted que no fume?

—Sí. —Newton inclinó la mirada hacia Bryce—. ¿Cree que estallará una guerra?

Bryce contempló especulativamente el cigarrillo y luego lo arrojó al lago. Flotó.

—¿No hay ya tres guerras en marcha? ¿O cuatro?

—Tres. Me refiero a una guerra con armas potentes. Hay nueve naciones con armas de hidrógeno; y al menos doce con armas bacteriológicas. ¿Cree que las utilizarán?

Bryce bebió un largo sorbo de ginebra.

—Probablemente. Desde luego. No sé por qué no ha ocurrido aún. No sé por qué no nos emborrachamos aún hasta morir. O nos amamos hasta morir. —El Vehículo estaba al otro lado del lago en frente de ellos, pero los árboles impedían su visión. Bryce agitó su vaso en aquella dirección y dijo—: ¿Va a ser eso un arma? Si lo es, ¿quién la necesita?

—No es un arma. De veras que no. —Newton debía estar borracho—. No le diré lo que es. ¿Cuánto falta?

—¿Cuánto falta para qué? —Bryce se sentía animado. Estupendo. Era una tarde encantadora para estar animado.

—Para que empiece la gran guerra. La que lo destruirá todo.

—¿Por qué no destruirlo todo? —Bryce vació su vaso y alargó una mano hacia la cesta en busca de la botella—. Todo puede necesitar ser destruido. —Mientras cogía la botella alzó la mirada hacia Newton, pero no pudo ver su cara debido a que el sol estaba detrás de él—. ¿Es usted de Marte?

—No. ¿Diría usted diez años? Me dijeron que tardaría al menos diez años.

—¿Quién le dijo tal cosa? —Bryce llenó su vaso—. Yo diría cinco años.

—Cinco años no son suficientes.

—¿Suficientes para qué? —La ginebra no sabía tan mal ahora a pesar de que estaba caliente en el vaso.

—No son suficientes. —Newton inclinó la mirada hacia Bryce, tristemente—. Pero probablemente se equivoca usted.

—De acuerdo, tres años. ¿Es usted de Venus? ¿De Júpiter? ¿De Filadelfia?

—No. —Newton se encogió de hombros—. Mi nombre es Rumplestiltskin.

—¿Rumplestiltskin?

Newton alargó un brazo, tomó la botella de manos de Bryce y se sirvió otro vaso de ginebra.

—¿Cree usted en la posibilidad de que no suceda?

—Tal vez. ¿Qué evitaría que sucediera? ¿Los instintos superiores del hombre? Los duendes viven en cuevas; ¿vive usted en una cueva, cuando no está de visita?

—Son los gnomos los que viven en cuevas. Los duendes viven en todas partes. Los duendes tienen la facultad de adaptarse a entornos extraordinariamente hostiles, tales como este. —Agitó una mano temblorosa hacia el lago, vertiendo ginebra sobre su camisa—. Yo soy un duende, doctor Bryce, y vivo solo en todas partes. Completamente solo en todas partes. —Contempló fijamente el agua.

Un numeroso grupo de patos se habían posado en el lago a eso de un kilómetro del lugar donde se encontraban los dos hombres; probablemente se trataba de aves migratorias descansando de su viaje hacia el Lejano Sur. Parecían flotar como diminutos balones sobre la superficie del agua, dejándose llevar, como si fueran incapaces de moverse.

—Si fuera usted de Marte, de acuerdo en que estaría solo —dijo Bryce, contemplando los patos—. Si fuera de allí, sería como un pato solitario en el lago: un emigrante cansado.

—No es necesario.

—No es necesario, ¿qué?

—Ser de Marte. Imagino que usted se ha sentido solo con mucha frecuencia, doctor Bryce. Se ha sentido alienado. ¿Es usted de Marte?

—Creo que no.

—¿De Filadelfia?

Bryce se echó a reír.

—De Portsmouth, Ohio. Está más lejos de aquí que Marte.

Sin previo aviso, los patos del lago empezaron a graznar confusamente. De pronto remontaron el vuelo, al principio en desorden, pero luego coordinándose en algo parecido a una formación. Bryce los vio desaparecer por encima de las montañas, ganando todavía altura. Pensó vagamente en la migración de las aves, de pájaros e insectos y otros pequeños animales, siguiendo rutas muy viejas, hacia antiguos hogares y muertes nuevas. Y luego la bandada de patos le recordó amargamente un escuadrón de misiles que había visto fotografiados en la cubierta de una revista años antes, y esto le hizo pensar de nuevo en la cosa que estaba ayudando a construir al extraño hombre que se encontraba a su lado, en aquella esbelta nave en forma de misil cuyo objetivo eran tareas de exploración, o de experimentación, o tomar fotografías, o algo por el estilo, y en la que ahora, sintiéndose muy ligero y muy borracho bajo el sol de media tarde, no confiaba, no confiaba en absoluto.

Newton se puso en pie, tambaleándose ligeramente, y dijo:

—Podemos ir a la casa. Haré que Brinnarde le lleve a su apartamento desde allí, si le parece bien.

—Me parece bien. —Bryce se levantó a su vez, se sacudió unas hojas de encima y terminó su ginebra—. Estoy demasiado borracho y soy demasiado viejo para regresar andando.

Echaron a andar, con paso no demasiado seguro, en silencio. Pero cuando estaban cerca de la casa Newton dijo:

—Espero que sean diez años.

—¿Por qué diez años? —inquirió Bryce—. Si transcurre tanto tiempo las armas serán todavía mejores. Lo destruirán todo. Tal vez incluso los lituanos podrán hacerlo. O los de Filadelfia.

Newton le dirigió una extraña mirada, y por un instante Bryce se sintió desasosegado.

—Si disponemos de diez años —dijo Newton—, es posible que no pase nada. Absolutamente nada.

—¿Quién va a evitarlo? ¿La virtud humana? ¿La Segunda Venida? —Por algún motivo, no pudo mirar a Newton a los ojos.

Por primera vez Newton rio, suave y agradablemente.

—Tal vez será realmente la Segunda Venida. Tal vez será el propio Jesucristo. Dentro de diez años.

—Si viene Él —dijo Bryce—, será mejor que mire dónde pisa.

—Supongo que recordará lo que le ocurrió la última vez —dijo Newton.

Brinnarde salió de la casa para reunirse con ellos. Bryce se sintió aliviado: había empezado a marearse bajo la luz del sol.

Hizo que Brinnarde le llevara directamente a su apartamento y no se detuvo en el laboratorio. Durante el trayecto Brinnarde formuló numerosas preguntas, a todas las cuales Bryce dio vagas respuestas.

Eran las cinco de la tarde cuando llegó a su casa. Se dirigió directamente a la cocina, que, como de costumbre, estaba hecha un asco. En la pared colgaba *La caída de Ícaro*, que se había traído de Iowa, y en el fregadero estaban los platos de su desayuno. Sacó un muslo de pollo frío del refrigerador y, masticándolo, se tambaleó cansadamente hasta la cama, donde se quedó rápidamente dormido, con el muslo a medio comer a su lado sobre la mesilla de noche. Tuvo muchos sueños, todos confusos, y la mayoría de ellos incluían el vuelo de aves en desordenada formación a través de un frío cielo azul...

Se despertó a las cuatro de la mañana, con mal sabor de boca, dolor de cabeza y el cuello empapado en sudor a causa de la gruesa camisa de lana. Sus pies estaban hinchados por la caminata; tenía mucha sed. Se sentó en el borde de la cama, contemplando la luminosa esfera del reloj durante varios minutos, y luego encendió la lamparilla situada junto a la cama, cerrando los ojos ante el chasquido del interruptor. Se puso en pie, anduvo a tientas hasta el cuarto de baño, llenó el lavabo de agua fría y se bebió dos vasos de agua utilizando el vaso de su cepillo de dientes mientras se llenaba. Cerró el grifo, encendió la luz y empezó a desabotonarse la gruesa camisa a cuadros. En el espejo vio un trozo de su blanco pecho debajo de la u de su camiseta y apartó la mirada. Hundió sus manos en el agua y las mantuvo allí, dejando que la frialdad estimulara la circulación en sus muñecas. Luego formó una copa con sus manos y se echó agua en la nuca y en la cara. Se secó con una toalla áspera, y luego se cepilló los dientes para quitarse el mal sabor de boca. Se peinó y fue al dormitorio en busca de una camisa limpia: una camisa azul, de vestir esta vez, pero sin la pechera rizada que la mayoría de hombres llevaban.

Mientras hacía todo esto una antigua frase resonaba en su cerebro: *Uno paga su dinero y uno elige.*

Se preparó el desayuno en la cocina, disolviendo una tableta de café en agua caliente y friendo una tortilla con abundantes setas troceadas de una lata. Dobló expertamente la tortilla con una espátula, la sacó cuando todavía estaba babosa en el centro, la colocó con el café sobre la mesa de plástico, se sentó y comió lentamente, dejando que su estómago cargado de ginebra recibiera la comida con la mayor suavidad posible. El estómago la admitió bastante bien, y Bryce se sintió momentáneamente satisfecho de sí mismo por no experimentar náuseas... después de no haber ingerido desde el desayuno del día anterior otra cosa que vino, queso, y ginebra pura. Se estremeció. Podía haber ingerido al menos unas cuantas de aquellas píldoras PA que la gente ingiere cuando quiere ahorrarse los problemas de una cena digna. PA era proteína de algas: una idea asquerosa, comer escoria de charca en vez de hígado y cebollas. Pero tal vez debería utilizarlas, teniendo en cuenta la población y los terrenos asiáticos pelados por la erosión que habían vuelto a situar a los fascistas en China —devolviéndola una vez más al «mundo libre» de dictadores, demagogos y hedonistas—, y estaban haciendo cada vez más difíciles de encontrar el hígado y las cebollas o el buey y las patatas. Todos estaremos comiendo escoria de charca y grasa de pescado y copos de hidratos de carbono de Erlenmeyer dentro de veinte años, pensó, terminando la tortilla. Cuando no haya más espacio para los pollos, conservarán los huevos en museos. Tal vez el Smithsoniano tendrá una tortilla conservada, de plástico. Bebió su café, también parcialmente sintético, y pensó en la antigua máxima de los biólogos de que un pollo es la manera de reproducirse a sí mismo de un huevo. Esto le hizo pensar, torvamente, que algún brillante y joven biólogo con el pelo cortado a cepillo y pantalones alechugados descubriría probablemente un sistema más eficaz que el natural del huevo, eliminando por completo al pollo. Pero no sería un joven brillante; T. J. Newton sería el hombre con más posibilidades de presentarse con un huevo navel —como una naranja navel— envuelto en plástico de colores vivos y con la etiqueta de la World Enterprises Corporation. Un huevo que se reproduce a sí mismo; se planta en una balsa de agua y crece como las cuentas de un rosario de plástico, produciendo un huevo cada día. Aunque después no cacarearía de satisfacción, ni produciría nunca un orgulloso gallo de plumas brillantes, ni un gallo de pelea, ni una estúpida gallina para que un niño la persiguiera. Ni una cena a base de pollo frito.

Luego, terminando su café, alzó la mirada, vio *La caída de Ícaro* y, sabiendo ahora lo que el cuadro llegaría a significar para él, soltó la

taza y dijo en voz alta: «Basta de juegos intelectuales, Bryce». Uno
paga su dinero y uno elige: ¿Marte o Massachusetts? Y, mirando todavía la pierna y el brazo del muchacho caído del cielo en el océano
en el sereno cuadro de la pared, pensó: «*¿Amigo o enemigo?*». Siguió
mirando fijamente el cuadro. «*¿Destructor o protector?*» Las palabras
de Newton estaban en su cerebro: «Puede ser realmente la Segunda
Venida». Pero Ícaro había fracasado, había ardido y se había ahogado,
en tanto que Dédalo, que no había subido tan alto, había escapado de
su isla solitaria. Aunque no para salvar al mundo. Tal vez incluso para
destruirlo, ya que él había inventado el vuelo; y la destrucción, cuando
llegara, procedería del aire. El resplandor cae del aire, pensó; me pon-
dré enfermo; debo morir; Dios tenga piedad de nosotros. Sacudió la
cabeza, tratando de evitar que su mente divagara. El problema ahora
era Marte o Massachusetts; todo lo demás era secundario. ¿Y qué
sabía él ahora? Estaban el acento de Newton, su aspecto, su manera
de andar. Estaban las producciones de su mente, que implicaban una
tecnología más extraña que el sistema de astronomía ptolemaico.
Estaban aquellos fantásticos logaritmos, estaba la actitud del propio
Newton las dos veces que Bryce le había visto, la cual podía respon-
der a la atroz soledad que un extraterrestre podría sentir, o a una
incapacidad de resistir las magulladuras de la cultura en la que había
caído. Pero aquella actitud era tan humana que cancelaba el otro argu-
mento. ¿No resultaba improbable que un extraterrestre se viera afectado por el alcohol como un hombre? Aunque Newton debía ser un
hombre... o algo semejante a un hombre. Debía tener la química sanguínea de un hombre; tenía que ser capaz de emborracharse. Pero
eso sería aún más plausible si fuera de Massachusetts. O de Lituania.
Aunque ¿por qué no un marciano borracho? El propio Cristo bebía
vino, y Él bajó del Cielo: un bebedor-de-vino, decían los Fariseos.
Un bebedor de vino del espacio exterior. ¿Por qué su mente seguía
divagando sobre aquel extremo? A Cortés le habían dado tequila,
probablemente; y era otro Segundo Venido: el dios de ojos azules,
Quetzalcóatl, llegado para salvar a los peones de los aztecas. ¿Dentro
de diez años? Logaritmos de base doce. ¿Y qué más? *¿Y qué más?*

2

A veces tenía la impresión de que iba a volverse loco a la manera de los humanos; y, sin embargo, era teóricamente imposible que un antheano enloqueciera. No comprendía lo que le estaba ocurriendo, ni lo que había ocurrido. Ellos le habían preparado para la extraordinaria dificultad de su tarea, y le habían escogido para ella debido a su fortaleza física y a su capacidad de adaptación. Había sabido desde el primer momento que podía fracasar, que la empresa era un enorme riesgo, un plan extravagante de un pueblo que no podía tomar ningún otro rumbo; y estaba preparado para el fracaso. Pero no había sido preparado para lo que, de hecho, había ocurrido. El plan en sí se desarrollaba muy bien —las grandes cantidades de dinero acumuladas, la construcción de la nave iniciada casi sin dificultad, nadie le había reconocido como lo que era (aunque él creía que muchos habían sospechado y estaban sospechando)—, y la posibilidad de éxito estaba ahora muy próxima. Y él, el antheano, un ser superior de una raza superior, estaba perdiendo el control, convirtiéndose en un degenerado, un borracho, una criatura perdida y estúpida, un renegado y, posiblemente, un traidor a los suyos.

A veces reprochaba a Betty Jo por ello, por su propia debilidad frente a este mundo. ¡Cuán humano había llegado a ser para razonar de esa manera! Le reprochaba a ella el que se hubiera vuelto un nativo y que estuviera obsesionado con vagas culpabilidades y dudas aún más vagas. Ella le había enseñado a beber ginebra; y ella le había mostrado un aspecto de fuerte y cómoda y hedonista y no-pensante humanidad que le había pasado inadvertido en sus quince años de estudiar la televisión. Ella le había mostrado una soñolienta y ebria vitalidad que los antheanos, con toda su sabiduría, no podrían haber conocido, ni siquiera haber soñado. Se sentía como un hombre que se hubiera visto rodeado por animales razonablemente amables, tontos y bastante inteligentes, y hubiera descubierto gradualmente que sus conceptos y relaciones eran más complejos de lo que su adiestramiento podía haberle conducido a sospechar. Un hombre semejante podría descubrir que, en uno o más de los numerosos aspectos de sopesar y juzgar que están al alcance de una inteligencia superior, los animales que le rodeaban y que ensuciaban sus propias madrigueras y comían su propia suciedad podrían ser más felices y más sabios que él.

¿O era simplemente que un hombre rodeado de animales durante mucho tiempo se convierte más de lo que debiera en un animal? Pero la analogía no era correcta ni equitativa. Él compartía con los humanos una ascendencia más próxima que el parentesco común en la familia de mamíferos y animales peludos en general. Tanto él como los humanos eran seres articulados, racionales, capaces de perspicacia, predicción y emociones llamadas imprecisamente amor, piedad y reverencia. Y, como él había descubierto, capaces de embriagarse.

Los antheanos estaban familiarizados con el alcohol, aunque los azúcares y las grasas jugaban un papel poco importante en la ecología de aquel mundo. Existían unas bayas dulces de las cuales se hacía a veces un vino de muy poca graduación; desde luego, el alcohol puro podía ser sintetizado con bastante facilidad, y muy ocasionalmente un antheano podía emborracharse. Pero la embriaguez pertinaz no existía; no había ningún antheano alcohólico. Newton no había oído hablar nunca de alguien en Anthea que bebiera como bebía él en la Tierra: pertinazmente.

No se emborrachaba del mismo modo en que lo hacían los humanos; o al menos eso creía él. Nunca deseaba sumirse en la inconsciencia, ni ser alborotadoramente feliz, ni sentirse como un dios; solo deseaba alivio, y no estaba seguro de qué. No padecía «resacas», por mucho que bebiera. Estaba solo la mayor parte del tiempo. Podría haber resultado difícil para él no beber.

Después de dejar a Bryce en compañía de Brinnarde, entró en el nunca utilizado salón de su casa y permaneció allí en silencio unos instantes, gozando del frescor de la habitación y de su tranquila penumbra. Uno de los gatos saltó perezosamente de un sofá, se desperezó, se acercó a él y empezó a refregarse contra su pierna, ronroneando. Newton miró afectuosamente al animal; había llegado a encariñarse mucho con los gatos. Tenían una cualidad que le recordaba a Anthea, a pesar de que allí no existía ningún animal parecido. Pero los gatos tampoco parecían pertenecer a este mundo.

Betty Jo se presentó procedente de la cocina, con el delantal puesto. Miró a Newton en silencio unos instantes, con ojos amables, y luego dijo:

—Tommy...

—¿Sí?

—Tommy, ha llamado el señor Farnsworth desde Nueva York. Dos veces.

—Llama casi cada día, ¿no es cierto?

—Sí, Tommy —Betty Jo sonrió suavemente—. Pero ha dicho que se trataba de algo importante y que le llamara usted enseguida.

Newton sabía perfectamente que Farnsworth tenía problemas, pero estos tendrían que esperar un poco. No se sentía en condiciones de ocuparse de ellos en aquel momento. Consultó su reloj. Eran casi las cinco de la tarde.

—Dígale a Brinnarde que pida una conferencia para las ocho —dijo—. Si vuelve a llamar Oliver, dígale que estoy ocupado y que hablaré con él a las ocho.

—Muy bien. —Betty Jo vaciló un momento y luego dijo—: ¿Quiere que venga a sentarme con usted? ¿Y conversar, tal vez?

Newton vio la expresión del rostro de Betty Jo, la expresión esperanzada que él sabía que significaba que ella dependía de él tanto como él dependía de ella para encontrar compañía. ¡Se habían convertido en unos extraños compañeros! Sin embargo, aunque Newton sabía que Betty Jo estaba tan sola como él y compartía su sensación de alienación, se sintió incapaz de concederle el derecho a sentarse con él en silencio. Sonrió tan agradablemente como pudo.

—Lo siento, Betty Jo, pero necesito estar solo.

¡Cuán difícil se estaba haciendo para él aquella ensayada sonrisa!

—Desde luego, Tommy —Betty Jo se volvió, con demasiada rapidez—. Tengo que volver a la cocina. —Al llegar a la puerta se giró hacia él—. Cuando desee la cena, hágamelo saber, ¿eh? Yo se la traeré.

—De acuerdo.

Newton se dirigió hacia la escalera y decidió montar en la pequeña silla-ascensor que no había utilizado durante semanas. Empezaba a sentirse muy cansado. Cuando se sentó, uno de los gatos saltó a su regazo, y con un desacostumbrado estremecimiento lo echó de allí. El gato cayó al suelo silenciosamente, se sacudió y echó a andar con aire impasible, sin dignarse volverse a mirarle. Contemplando al gato, Newton pensó si sería la única especie inteligente de este mundo. Sí, tal vez lo fuera.

En cierta ocasión, hacía más de un año, le había dicho a Farnsworth que empezaba a interesarse por la música. Esto había sido solo parcialmente cierto, dado que las melodías y sistemas tonales de la música humana siempre le habían resultado algo desagradables. Sin embargo, había llegado a interesarse por la música desde una perspectiva histórica, dado que tenía un interés de historiador por casi todos los aspectos del arte y del folklore humanos: un interés nacido durante los años de estudio de la televisión, y prolongado a través de largas noches de lectura, aquí en la Tierra. Farnsworth, poco después de aquella mención casual del hecho, se había presentado con un sistema de reproducción multidireccional, de una brillante exactitud —varios de cuyos componentes estaban basados en patentes de la W. E. Corporation—, y los necesarios amplificadores, fuentes de sonido, etcétera. Tres hombres diplomados en ingeniería eléctrica habían montado los componentes en su estudio para él. Era un fastidio, pero Newton no había querido herir los sentimientos de Farnsworth. Habían situado todos los controles en un panel de cobre amarillo —él hubiera preferido algo menos científico que una aleación de cobre y zinc: quizá caolín o porcelana delicadamente pintada— en un extremo de una estantería para libros. Farnsworth le había regalado también un estuche automático de quinientas grabaciones, todas realizadas en las pequeñas bolas de acero cuyas patentes pertenecían a la W. E. Corporation, y con las cuales la compañía había ganado al menos veinte millones de dólares. Se apretaba un botón y una bola del tamaño de un guisante caía en el cartucho. Su estructura molecular era seguida entonces por un diminuto dispositivo explorador de lento movimiento, y las pautas eran convertidas en los sonidos de orquestas o bandas o guitarristas o voces. Newton no ponía música casi nunca. Ante la insistencia de Farnsworth había intentado escuchar algunas sinfonías y cuartetos, pero no significaban casi nada para él, lo cual resultaba muy extraño. Algunas de las otras artes, aunque mal interpretadas y patrocinadas por la televisión dominical (la más aburrida y pretenciosa de todas las televisiones), habían llegado a emocionarle... especialmente la escultura y la pintura. Quizá veía como veían los humanos, pero no podía oír como oían ellos.

Cuando llegó a su habitación, murmurando sobre gatos y hombres, decidió, en un repentino impulso, escuchar un poco de música. Pulsó el botón para escuchar una sinfonía de Haydn que Farnsworth le había recomendado encarecidamente. Al cabo de un instante brotaron los sonidos, beligerantes y precisos, y sin ninguna consecuencia lógica ni estética para él. Era como un norteamericano escuchando música china. Alcanzó una botella de ginebra de la estantería y llenó un vaso, bebiendo mientras trataba de seguir los sonidos. Se disponía a sentarse en el sofá cuando resonó una súbita llamada en la puerta. Sobresaltado, dejó caer su vaso. Se rompió a sus pies. Por primera vez en su vida, gritó:

—¿Quién coño anda ahí? —*¿Hasta qué punto se había «humanizado»?*

La voz asustada de Betty Jo dijo desde detrás de la puerta:

—Es el señor Farnsworth otra vez, Tommy. Ha insistido en que le avisara a usted...

La voz de Newton sonó más suave ahora, aunque todavía enfurecida.

—Dígale que no. Dígale que no veré a nadie antes de mañana; no hablaré con nadie.

Se produjo un breve silencio. Newton miró los cristales rotos a sus pies y empujó con el pie los trozos más grandes debajo del sofá. Luego, Betty Jo dijo:

—De acuerdo, Tommy. Se lo diré. —Hizo una pausa—. Descanse ahora, Tommy. ¿Me oye?

—De acuerdo —dijo él—, descansaré.

Oyó los pasos de Betty Jo alejándose de la puerta. Se acercó a la estantería. No había ningún otro vaso. Se dispuso a llamar a Betty Jo, pero en vez de hacerlo cogió la botella casi llena, quitó el tapón y empezó a beber directamente de ella. Quitó a Haydn —¿quién podía esperar que él entendiera una música como aquella?— y puso un recopilatorio de música folk, antiguas canciones negras, música gullah. Al menos en la letra de aquellas canciones había algo que él podía comprender. Una voz potente y cansada brotó de los altavoces:

Cada vez que voy a casa de Miss Lulu
El viejo perro me muerde.
Cada vez que voy a casa de Miss Sally
El bulldog me muerde...

Newton sonrió pensativamente; la letra de la canción parecía despertar en él cierta emoción. Se instaló en el sofá con la botella. Empezó a pensar en Nathan Bryce y en la conversación que habían mantenido aquella misma tarde.

En su primer encuentro había imaginado que Bryce sospechaba de él; el hecho de que el químico hubiera insistido en verle era todo un indicio. Newton se había asegurado, a través de una costosa investigación, de que Bryce no trabajaba para el FBI, como al menos dos de los obreros de la construcción en la sede del misil, ni para cualquier otro organismo del gobierno. Pero si Bryce había llegado a sospechar de él y de sus propósitos, ¿por qué él, Newton, se había apartado de su camino para compartir una tarde de intimidad con el hombre? ¿Y por qué había estado dejando caer indirectas acerca de sí mismo, hablando de la guerra y de la Segunda Venida, llamándose a sí mismo Rumplestiltskin... aquel malvado enano que llegó de ninguna parte para tejer paja en oro y para salvar la vida de la princesa con sus misteriosos conocimientos; el extranjero cuyo objetivo final era robar el hijo de la princesa? La única manera de derrotar a Rumplestiltskin era descubrir su identidad, nombrarle.

A veces me siento como un niño huérfano;
A veces me siento como un niño huérfano;
¡Gloria, aleluya!

¿Y por qué, pensó bruscamente, Rumplestiltskin le había concedido a la princesa una posibilidad de escapar del trato? ¿Por qué le había concedido aquel plazo de tres días para descubrir su nombre? ¿Era simple confianza en sí mismo —ya que, ¿quién imaginaría nunca un nombre como el suyo?—, o deseaba ser descubierto, capturado, privado del objeto de su engaño y de su magia? Y en lo que respectaba a sí mismo, Thomas Jerome Newton, cuya magia y cuyos engaños eran mayores que los de cualquier encantador o duende en cualquier cuento de hadas —y él los había leído todos—, ¿deseaba ser descubierto, capturado?

Este hombre viene hasta mi puerta
Dice que no le gusto.
Viene; se queda de pie ante mi puerta
Dice que no le gusto.

¿Por qué, pensó Newton con la botella en la mano, tendría que desear yo ser descubierto? Miró fijamente la etiqueta de la botella, sintiéndose muy raro, mareado. Bruscamente, la grabación terminó. Se produjo una pausa, mientras otra bola pasaba a ocupar su lugar. Newton bebió un largo trago. Luego, desde los altavoces tronó una orquesta, asaltando sus oídos.

Se puso en pie sin fuerzas y parpadeó. Se sentía muy débil... tenía la impresión de que no había estado tan débil desde aquel día, hacía ya muchos años, en que, asustado y solo, había estado enfermo en un campo yermo, en noviembre. Se dirigió hacia el panel y apagó la música. Luego se acercó a los controles de la televisión y los conectó: tal vez un western...

El cuadro de la garza colgado en la pared empezó a difuminarse. Cuando hubo desaparecido fue reemplazado por la cabeza de un hombre guapo con aquella expresión falsamente seria en sus ojos que ponen los políticos, los curanderos y los evangelistas. Los labios se movían silenciosamente, mientras los ojos miraban con fijeza.

Newton subió el volumen. La cabeza cobró voz, diciendo «... de los Estados Unidos como nación libre e independiente, debemos prepararnos para luchar como hombres, con el mundo libre detrás de nosotros, y enfrentarnos a los retos, a las esperanzas y a los temores del mundo. Debemos recordar que los Estados Unidos, al margen de lo que los mal informados puedan decir, no es una potencia de segundo orden. Debemos recordar aquella libertad que conquistamos, debemos...».

Súbitamente, Newton se dio cuenta de que el hombre que estaba hablando era el Presidente de los Estados Unidos, y de que estaba hablando con la ampulosidad de los que no tienen ninguna esperanza. Hizo girar un interruptor. En la pantalla apareció una escena de vodevil. Un hombre y una mujer, los dos en pijama, intercambiaron unas frases picantes. Hizo girar de nuevo el interruptor, en busca de un western. Le gustaban las películas del oeste. Pero lo que apareció en la pantalla fue un programa propagandístico, pagado por el gobierno, acerca de las virtudes y la potencia de Norteamérica. Se veían imágenes de blancas iglesias de Nueva Inglaterra, de peones del campo —siempre con un negro sonriente en cada grupo— y de arces. Aquellas películas parecían proyectarse con mayor frecuencia últimamente; y, al igual que tantas revistas populares, eran cada vez más absurdamente fanáticas: más comprometidas que nunca con la fantástica mentira de que América era una nación de pequeños pueblos temerosos de Dios, ciudades eficientes, granjeros ricos, médicos amables, amas de casa felices, millonarios filántropos...

—¡Dios mío! —dijo en voz alta—. ¡Dios mío, hedonistas que os compadecéis asustados a vosotros mismos! ¡Embusteros! ¡Fanáticos! ¡Imbéciles!

Hizo girar de nuevo el interruptor, y en la pantalla apareció una escena de club nocturno, con una suave música de fondo. La dejó, contemplando el movimiento de los cuerpos en la pista de baile, los hombres y mujeres vestidos como pavos reales, abrazándose unos a otros mientras sonaba la música. ¿Y qué soy yo, pensó, sino un hedonista asustado que se compadece a sí mismo? Terminó la botella de ginebra y luego contempló sus manos sosteniendo la botella, mirando ahora las uñas artificiales, brillando como monedas transparentes a la parpadeante luz de la pantalla del televisor. Las miró durante varios minutos, como si estuviera viéndolas por primera vez.

Luego se levantó y echó a andar con paso inseguro hacia un armario. De un estante tomó un estuche de un tamaño aproximado al de una caja de zapatos. En la parte interior de la puerta del armario había una espejo de cuerpo entero. Se miró a sí mismo, a su alta y delgada estructura, unos instantes. Luego regresó al sofá y colocó el estuche sobre la mesilla con superficie de mármol delante de él. Sacó del estuche una pequeña botella de plástico. Sobre la mesa había un cenicero vacío, en forma de cuenco, de porcelana china; se lo había regalado Farnsworth. Vertió el líquido de la botella en el cenicero, soltó la botella y luego sumergió las puntas de los dedos de sus dos manos en el cenicero, como si fuera un lavadedos. Las mantuvo allí durante un minuto, y después las sacó y sacudió sus manos con fuerza. Las uñas cayeron en la mesa de mármol produciendo un leve tintineo. Los dedos eran ahora lisos en los extremos, con las puntas flexibles pero algo doloridas.

Del televisor brotó un sonido de jazz, con un ritmo ruidoso e insistente.

Newton se puso en pie, se dirigió a la puerta de la habitación y la cerró con llave. Luego regresó a la mesa y sacó del estuche una bola de algo parecido al algodón, sumergiéndola unos instantes en el líquido. Observó que sus manos estaban temblando. Sabía, también, que estaba más borracho de lo que había estado jamás. Aunque al parecer eso no era suficiente borrachera.

Después se acercó al espejo y mantuvo la bola humedecida contra cada una de sus orejas hasta que los lóbulos sintéticos se desprendieron. Desabotonando su camisa, desprendió falsos pezones y pelo de su pecho de la misma manera. El pelo y los pezones estaban adheridos a una lámina fina y porosa, y salieron juntos. Recogió aquellas cosas y fue a depositarlas sobre la mesita. Enfrentándose de nuevo con el espejo, empezó a hablar en su propio idioma, primero suavemente y luego en voz alta, para ahogar el jazz del televisor, recitando un poema que él mismo había escrito en su juventud. Los sonidos no brotaban bien de su lengua. Estaba demasiado borracho; o estaba perdiendo la capacidad de pronunciar los sibilantes sonidos antheanos. Luego, respirando pesadamente, tomó un pequeño instrumento, parecido a unas pinzas, del estuche, se situó de nuevo ante el espejo y desprendió cuidadosamente la fina y coloreada membrana de plástico de cada uno de sus ojos. Todavía luchando por recitar su poema, se guiñó a sí mismo los ojos cuyos iris se abrían verticalmente, como los de un gato.

Se contempló a sí mismo largo rato, y luego empezó a llorar. No sollozaba, pero de sus ojos brotaban lágrimas —lágrimas exactamente iguales que las lágrimas de un humano— que se deslizaban por sus enjutas mejillas. Estaba llorando de desesperación.

Después se habló en voz alta, en inglés :

—¿Quién eres tú? —dijo—. ¿Y a qué lugar perteneces?

Su propio cuerpo le devolvió la mirada; pero él no pudo reconocerlo como suyo. Le resultaba extraño y espantoso.

Fue en busca de otra botella. La música se había interrumpido. Un anunciante estaba diciendo: «... salón de baile del Hotel Seelbach en el centro de Louisville, captado para usted en Worldcolor: las mejores películas y revelados en fotografía...». Newton no miró a la pantalla; estaba abriendo la botella. Una voz de mujer empezó a hablar: «Para almacenar recuerdos de las próximas vacaciones, de los niños, de las tradicionales comidas familiares del Día de Acción de Gracias y Navidad, no hay nada mejor que las fotografías en Worldcolor, llenas de resplandeciente vida…».

Y en el sofá, Thomas Jerome Newton yacía ahora bebiendo, con su botella de ginebra abierta, sus dedos sin uñas temblando, sus ojos gatunos vidriosos y mirando fijamente al techo con angustia...

3

Un domingo por la mañana, cinco días después de su ebria conversación con Newton, Bryce estaba en casa, tratando de leer una novela policíaca. Estaba sentado junto a la estufa eléctrica en su pequeño salón prefabricado, vistiendo únicamente su pijama de franela gris y bebiendo su tercera taza de café. Esta mañana se encontraba mejor de lo que se había encontrado últimamente; su preocupación por la identidad de Newton no le atosigaba tanto como lo había hecho durante los últimos días. La cuestión seguía siendo fundamental para él; pero se había decidido por una política determinada —si podía llamarse política a una espera vigilante—, y había logrado descartar el problema si no de sus pensamientos sí al menos de su escrutinio continuo. La novela policíaca era agradablemente insulsa; en el exterior el frío era muy intenso. Bryce se encontraba muy a gusto junto a su simulado hogar y no se sentía apremiado por nada. En la pared a su izquierda colgaba *La caída de Ícaro*. La había trasladado allí desde la cocina dos días antes.

Estaba a la mitad del libro cuando resonó una débil llamada en la puerta principal. Bryce se levantó con cierta irritación, preguntándose quién diablos venía a visitarle en una mañana de domingo. La vida social era habitual entre el personal, pero él la evitaba rigurosamente, y tenía pocos amigos. No tenía ningún amigo lo bastante íntimo como para que viniera a visitarle un domingo por la mañana antes de la hora del almuerzo. Fue en busca de su bata al dormitorio y luego abrió la puerta principal.

Fuera, en la mañana gris, temblando en una ligera chaqueta de nailon, estaba el ama de llaves de Newton. Ella le sonrió y dijo:

—¿Doctor Bryce?

—¿Sí? —No podía recordar cómo se llamaba la mujer, aunque Newton había mencionado su nombre en una ocasión. Circulaban muchos rumores acerca de Newton y de esta mujer—. Entre y caliéntese —dijo.

—Gracias. —Entró rápidamente, pero con aire de disculpa, cerrando la puerta detrás de ella—. Me envía el señor Newton.

—¿Oh? —La condujo hasta el radiador—. Tendría que llevar usted una chaqueta más gruesa.

Ella pareció enrojecer... o quizá se trataba solamente de la rojez del frío en sus mejillas.

—No salgo mucho —murmuró.

Después de que Bryce la hubo ayudado a quitarse la chaqueta, la mujer se inclinó sobre el radiador y empezó a calentarse las manos. Bryce se sentó y la contempló pensativamente, esperando que le comunicara el motivo de su visita. No era una mujer carente de atractivo: boca sensual, cabellos negros, cuerpo rotundo debajo de su liso vestido azul. Debía de ser de su misma edad, y al igual que él vestía de un modo anticuado. No llevaba maquillaje, pero con el enrojecimiento de sus mejillas provocado por el frío no lo necesitaba. Sus pechos eran grandes, como los de las campesinas en las películas rusas de propaganda; y hubiera tenido el perfecto y monumental aspecto de «madre tierra» de no haber sido por la timidez de sus ojos y sus modales y su voz de mujer rústica. Debajo de las mangas cortas de su vestido, sus brazos eran suaves y agradables, con su leve vegetación de vello negro. A Bryce le gustó aquello, del mismo modo que le gustaba que la mujer no se depilara las cejas.

Bruscamente, ella se irguió, sonrió y dijo:

—No es como un fuego de leña.

Por un instante, Bryce no comprendió lo que ella quería decir. Luego, señalando el radiador, dijo:

—No, desde luego que no. —Y añadió—: ¿Por qué no se sienta?

Ella ocupó la butaca que Bryce le señalaba, delante de la suya, se reclinó contra el respaldo y colocó sus pies sobre la otomana.

—No huele como un fuego de leña, tampoco —dijo con aire pensativo—. Yo vivía en una casa de campo, y todavía recuerdo los fuegos de leña por las mañanas, cuando me acercaba al hogar para vestirme. Colocaba mis ropas cerca de las llamas para calentarlas, y al mismo tiempo calentaba mi espalda. Recuerdo perfectamente cómo olía el fuego. Pero no he visto un fuego de leña desde hace... Dios sabe... veinte años.

—Yo tampoco —dijo Bryce.

—Nada huele tan bien como antes —dijo ella—. Ni siquiera el café, tal como lo hacen ahora. La mayoría de las cosas ya no tienen olor.

—¿Quiere usted una taza? ¿De café?

—Con mucho gusto. ¿Quiere que vaya a prepararlo?

—Lo haré yo. —Bryce se puso en pie, apurando el contenido de su taza—. Me disponía a tomar otra, de todos modos.

Se dirigió a la cocina y preparó dos tazas, utilizando las tabletas de café, que eran prácticamente lo único que podía comprarse desde que el país había roto las relaciones con Brasil. Las llevó sobre una bandeja, y la mujer le sonrió agradablemente al tomar la suya. Tenía un aspecto tranquilo, como un perro viejo y bondadoso... sin orgullo ni filosofía que echaran a perder su tranquilidad.

Bryce se sentó, sorbiendo su café.

—Tiene usted razón —dijo—, nada huele como antes. O tal vez somos demasiado viejos para recordar con exactitud.

Ella continuó sonriendo. Luego dijo:

—Él quiere saber si irá usted a Chicago con él. El mes próximo.

—¿El señor Newton?

—Um-hmm. Hay una reunión. Dice que usted ya está enterado, probablemente.

—¿Una reunión? —Bebió su café especulativamente durante unos segundos—. Oh. El Instituto de Ingenieros Químicos. ¿Por qué quiere ir allí?

—No lo sé. Me ha dicho que si usted quería ir con él, vendría esta tarde aquí para hablar del asunto. ¿Va a trabajar usted?

—No —dijo Bryce—. No. Los domingos no trabajo. —No había cambiado el tono distraído de su voz, pero su mente estaba empe-

zando a correr. Aquí había una oportunidad, servida en bandeja.
Dos días antes había trazado un plan; y si Newton se presentaba en
la casa...— Me alegrará mucho hablar con él. —Y luego—: ¿Ha dicho
cuándo vendría?

—No, no lo ha dicho. —Ella terminó su café y dejó la taza en el
suelo, al lado de su butaca. Desde luego, actuaba como si estuviera
en su propia casa, pensó Bryce, pero no le importó su manera de
hacerlo. Su sencillez y familiaridad eran auténticas, y no del tipo afectado que practicaban el Profesor Canutti y otros colegas como él, en
Iowa.

—Últimamente no habla mucho. —Había cierta tensión en su voz
cuando ella dijo esto—. En realidad, apenas le veo.

Había cierto reproche en su voz, también, y Bryce se preguntó qué
podría haber entre aquella pareja. Y luego se le ocurrió que el hecho
de que ella estuviera aquí era una oportunidad también... una oportunidad que acaso no volviera a presentarse.

—¿Ha estado enfermo? —inquirió. *Si pudiera hacerla hablar...*

—No, que yo sepa. Es muy raro. Tiene un carácter caprichoso.
—La mujer contemplaba fijamente el radiador delante de ella, sin
mirar a Bryce—. A veces habla con ese francés, ese Brinnarde, a veces
habla conmigo. Y a veces se limita a quedarse sentado en su habitación. Durante días enteros. O bebe; pero nadie podría asegurarlo.

—¿Qué hace Brinnarde? ¿De qué se ocupa?

—No lo sé —la mujer le miró fugazmente, y luego volvió a fijar
sus ojos en el radiador—. Creo que es un guardaespaldas. —Miró
de nuevo a Bryce con una expresión preocupada y ansiosa en el rostro—. Siempre lleva un revólver encima. Y se mueve de una manera,
con una rapidez... —Sacudió la cabeza, como podría hacerlo una
madre—. No confío en él, y creo que el señor Newton tampoco debería confiar.

—Muchos hombres ricos tienen guardaespaldas. Además,
Brinnarde es también una especie de secretario, ¿no es cierto?

Ella rio de un modo breve y seco.

—El señor Newton no escribe cartas.

—No. Supongo que no.

Luego, sin apartar la mirada del radiador, ella murmuró, en voz baja:

—¿Tiene algo para beber, por favor?

—Desde luego. —Bryce se levantó casi con demasiada rapidez—. ¿Ginebra?

Ella le miró.

—Sí, por favor, ginebra.

Había algo de quejumbroso en ella, y Bryce se dio cuenta, bruscamente, de que debía sentirse muy sola, sin prácticamente nadie con quien hablar. Sintió lástima por ella —una solitaria y anacrónica mujer rústica—, y al mismo tiempo se sintió excitado al pensar que estaba madura para sonsacarle información. Podía engrasarla con un poco de ginebra, dejarla que siguiera contemplando el radiador y esperar a que hablara. Bryce sonrió para sus adentros, sintiéndose maquiavélico.

Cuando estaba en la cocina, alcanzando la botella de ginebra del estante situado sobre el fregadero, ella dijo, desde el saloncito:

—¿Querrá usted añadirle un poco de azúcar, por favor?

—¿Azúcar? —Le extrañó la petición.

—Sí. Unas tres cucharadas.

—De acuerdo —dijo Bryce, agitando la cabeza. Y añadió—: He olvidado su nombre.

La voz de la mujer seguía siendo tensa... como si estuviera tratando de evitar que temblara, o estuviera a punto de echarse a llorar.

—Me llamo Betty Jo, señor Bryce. Betty Jo Mosher.

En su manera de contestar hubo una especie de leve dignidad que hizo que Bryce se sintiera avergonzado por no haber recordado su nombre. Puso azúcar en un vaso, empezó a llenarlo de ginebra y se sintió más avergonzado por lo que estaba a punto de hacer: por utilizar a la mujer.

—¿Es usted de Kentucky? —dijo tan cortésmente como pudo. Llenó el vaso casi hasta el borde y removió el azúcar con una cucharilla.

—Sí. Nací a unos diez kilómetros de Irvine, un pueblo que se encuentra al norte de aquí.

Bryce le llevó el vaso, y ella lo tomó con una expresión de gratitud en el rostro, pero afectando una reserva que resultaba a la vez emocionante y ridícula. A Bryce empezaba a gustarle esta mujer.

—¿Viven sus padres? —Recordó que se suponía que iba a sonsacarla acerca de Newton, no de ella misma. ¿Por qué su mente se desviaba siempre del camino que se había propuesto emprender?

—Mi madre murió. —Tomó un sorbo de ginebra, la degustó en su boca especulativamente, tragó, parpadeó—. Me gusta mucho la ginebra, desde luego —dijo—. Mi padre vendió la granja al gobierno para una... algo de hidro...

—¿Una estación hidropónica?

—Eso es. Donde cultivan esa comida asquerosa en tanques. De todos modos, mi padre está ahora jubilado, vive en una urbanización de Chicago, lo mismo que yo en Louisville hasta que conocí a Tommy.

—¿Tommy?

—El señor Newton —dijo ella, sonriendo—. A veces le llamo Tommy. Me pareció que le gustaba.

Bryce aspiró profundamente, apartando la mirada de ella, y dijo:

—¿Cuándo le conoció?

Ella tomó otro sorbo de ginebra, lo paladeó, tragó. Luego rio suavemente.

—En un ascensor. Yo subía en un ascensor en Louisville para cobrar mi cheque de la beneficencia, y Tommy iba en él. ¡Dios, tenía un aspecto singular! Me di cuenta enseguida. Y luego se rompió la pierna en el ascensor.

—¿Se rompió la pierna?

—Eso es. Sé que suena raro, pero eso fue lo que pasó. El ascensor debió ser demasiado para él. Si supiera usted lo ligero que era...

—¿Ligero?

—Sí señor, ligero. Se le podía levantar con una sola mano. Sus huesos no podían ser más fuertes que los de un pájaro. Le digo a usted que es un hombre singular. Dios, es un hombre simpático; y es tan rico, y tan listo, y tan paciente... Pero, señor Bryce...

—¿Sí?

—Señor Bryce, yo creo que está enfermo, creo que está muy enfermo. Creo que tiene el cuerpo enfermo. ¡Dios mío, tendría usted que ver la cantidad de píldoras que toma!, y creo que tiene... problemas en su mente. Yo quiero ayudarle, pero nunca he sabido por dónde empezar. Y Tommy no permitiría que un médico se acercara a él. —Apuró el contenido de su vaso y se inclinó hacia adelante, como si se dispusiera a chismorrear. Pero había pesar en su rostro, un pesar demasiado sincero para que pudiera confundirse con un pretexto para chismorrear—. Señor Bryce, creo que no duerme nunca. Hace casi un año que estoy con él, y nunca le he visto dormir. No es humano.

La mente de Bryce estaba abriéndose como una lente. Un escalofrío estaba extendiéndose desde su nuca a través de sus hombros, bajando por su espina dorsal.

—¿Quiere usted un poco más de ginebra? —preguntó. Y luego, sintiendo algo que era medio risa, medio sollozo, dijo—: Yo la acompañaré...

Bebieron otro par de vasos antes de que ella se marchara. No le contó muchas cosas acerca del señor Newton... probablemente porque él no quiso hacerle más preguntas; creyó que no debía hacerlas. Pero cuando ella se marchó —sin tambalearse lo más mínimo, ya que aguantaba la bebida como un marinero—, dijo, mientras se ponía la chaqueta:

—Señor Bryce, soy una mujer vulgar e ignorante, pero aprecio de veras el haber hablado con usted.

—Ha sido un placer para mí —dijo Bryce —. Venga con toda libertad a verme siempre que quiera.

Ella le miró, parpadeando.

—¿Puedo?

Bryce no había querido decir aquello literalmente, pero lo dijo ahora, con toda sinceridad

—Deseo que vuelva. —Y luego—. Yo tampoco tengo muchas personas con las que hablar.

—Gracias —dijo ella, y luego, mientras salía al mediodía de invierno—: Eso hace que ahora seamos tres, ¿no es cierto...?

Bryce ignoraba de cuántas horas disponía antes de que llegara Newton, pero sabía que tendría que actuar rápidamente si quería estar listo a tiempo. Se sentía terriblemente excitado y nervioso, y mientras se vestía no dejó de murmurar: «No puede ser Massachusetts; tiene que ser Marte. Tiene que ser Marte...». ¿Deseaba acaso que fuera Marte?

Cuando estuvo vestido se puso su abrigo y salió de la casa hacia el laboratorio: un paseo de cinco minutos. Había empezado a nevar, y el frío desvió su atención por unos momentos de las ideas que remolineaban en su cerebro, del acertijo que estaba a punto de resolver de un modo definitivo, si podía instalar el aparato adecuadamente e instalarlo a tiempo.

Tres de sus ayudantes estaban en el laboratorio, y apenas les dirigió la palabra, negándose a contestar sus comentarios sobre el tiempo. No le pasó por alto su curiosidad cuando empezó a desmontar el pequeño aparato del laboratorio de metales —el que utilizaban para análisis de tensión por rayos X—, pero fingió no darse cuenta de las cejas enarcadas. No tardó mucho; simplemente tuvo que desatornillar los pernos que sujetaban la cámara y el pequeño generador de rayos catódicos a sus armazones. Podía transportarlos fácilmente sin ayuda de nadie. Se aseguró de que la cámara estaba cargada —cargada con película de alta velocidad para rayos X de la W. E. Corp— y se marchó, portando la cámara en una mano y el equipo de rayos catódicos en la otra. Antes de cerrar la puerta, les dijo a los otros hombres:

—Oigan, ¿por qué no se toman la tarde libre?

Parecieron un poco desconcertados, pero uno de ellos dijo:

—De acuerdo, doctor Bryce —y miró a sus compañeros.

—Estupendo —Bryce cerró la puerta y sé marchó.

Junto al hogar de imitación del saloncito de Bryce había un conducto de la instalación de aire acondicionado, que ahora no funcionaba. Tras veinte minutos de trabajo, y algo de transpiración, Bryce logró instalar la cámara detrás de la rejilla, con el obturador abierto de par en par. Afortunadamente, la película de W. E. suponía, como la mayoría de las patentes de Newton, una gran mejoría técnica sobre sus predecesoras; la luz visible no la afectaba en absoluto. Solo los rayos X podían impresionarla.

El tubo del generador era también un aparato W. E.; funcionaba como un estroboscopio, emitiendo un concentrado haz de rayos X... sumamente útil para estudios de vibraciones de alta velocidad. Era incluso más útil, quizá, para lo que Bryce había proyectado. Lo instaló en el cajón del pan de su cocina, apuntándolo, a través de la pared, hacia la cámara con el obturador abierto. Luego tiró del cordón eléctrico de delante del cajón y lo conectó al enchufe de encima del fregadero. Dejó el cajón parcialmente abierto, a fin de poder introducir su mano y pulsar el interruptor situado en el pequeño transformador que suministraba energía al tubo.

Regresó al saloncito y colocó cuidadosamente su butaca más cómoda directamente entre la cámara y el tubo de rayos catódicos. Luego, se sentó en otra butaca a esperar a Thomas Jerome Newton.

4

La espera fue larga. A Bryce le entró hambre; intentó comer un emparedado, pero no pudo terminarlo. Paseó de un lado a otro, volvió a coger su novela policíaca, pero le resultó imposible concentrarse en la lectura. A cada instante se dirigía a la cocina para comprobar la posición del tubo de rayos catódicos en el cajón del pan. Una de las veces, dejándose llevar por un impulso, decidió asegurarse de que el instrumento funcionaba bien, de modo que pulsó el interruptor de puesta en marcha, esperó a que el tubo se calentara y luego apretó el botón que producía el fogonazo invisible: el fogonazo que pasaría a través de la pared, a través de la butaca, a través del objetivo de la cámara, e impresionaría la película en el interior de la cámara. Inmediatamente después de apretar el botón, se maldijo a sí mismo silenciosa y rabiosamente; por una torpe impaciencia, había expuesto la película.

Tardó veinte minutos en desatornillar la rejilla del conducto del acondicionador de aire y sacar la cámara al exterior. Luego tuvo que extraer la película —ahora tenía el color parduzco que significaba que había sido expuesta correctamente— y reemplazarla por otra del depósito de la cámara. Después, sudando por miedo a que Newton llamara a la puerta en cualquier momento, revisó el objetivo, temblorosa pero cuidadosamente apuntó la cámara hacia la silla y volvió a colocar la rejilla. Se aseguró de que el objetivo estaba en línea con un agujero de la rejilla, de modo que no se interpusiese ningún metal.

Tenía las mangas de la camisa subidas y estaba lavándose las manos cuando llamaron a la puerta principal. Se obligó a caminar lentamente hasta allí, llevando aún la toalla en sus manos, y abrió la puerta.

De pie en la nieve se hallaba T. J. Newton, con gafas oscuras y una chaqueta ligera. Exhibía una leve sonrisa, casi irónica, y al contrario de Betty Jo no parecía afectado en lo más mínimo por el frío. Marte, pensó Bryce invitándole a entrar. Marte es un planeta frío.

—Buenas tardes —dijo Newton—. Espero no interrumpirle.

Bryce trató de que su voz sonara normal, y quedó sorprendido al ver que lo conseguía.

—En absoluto. No estaba haciendo nada. ¿No quiere sentarse? —Hizo un gesto hacia la butaca situada junto al conducto del acondicionador de aire. Pensó, mientras hacía esto, en Damocles, en el trono debajo de la espada.

—No —dijo Newton—. No, gracias. He estado sentado toda la mañana.

Se quitó la chaqueta y la dejó sobre el respaldo de la butaca. Llevaba, como siempre, una camisa de manga corta. Dentro de la anchura de las mangas sus brazos parecían anormalmente delgados.

—Permítame ofrecerle algo para beber. —Si bebía, podría sentarse.

—No, gracias. No me apetece nada en este momento. —Newton avanzó hacia una de las paredes y contempló el cuadro de Bryce. Permaneció silencioso unos instantes, mientras Bryce se sentaba. Luego dijo—: Un hermoso cuadro, doctor Bryce. Es un Brueghel, ¿no es cierto?

—Sí. —Desde luego que era un Brueghel. Cualquiera sabría que era un Brueghel. ¿Por qué no se sentaba Newton? Bryce empezó a hacer crujir sus nudillos, y luego se interrumpió. Newton sacudió con aire ausente algunas gotas de nieve fundida de sus cabellos. Si hubiera sido un poco más alto, el gesto habría hecho que sus nudillos rozaran el techo.

—¿Qué nombre tiene? —dijo Newton—. El cuadro.

Newton tendría que haberlo sabido; el cuadro era muy famoso.

—*La caída de Ícaro*. Ícaro es el que está en el agua.

Newton siguió contemplándolo.

—Está muy bien —dijo—. Y el paisaje es muy parecido al nuestro. Las montañas, la nieve y el agua. —se volvió, mirando ahora a Bryce—. Pero desde luego en el cuadro hay alguien arando un campo y el sol está más bajo. Debe de ser más tarde...

Excitado, todavía nervioso, Bryce replicó con cierta brusquedad:

—¿Por qué no más pronto?

Newton sonrió de un modo muy raro. Sus ojos parecían enfocados en algo muy lejano.

—No podría haber sucedido por la mañana, ¿verdad?

Bryce no contestó. Pero Newton tenía razón, desde luego. El sol había alcanzado su punto más alto cuando Ícaro cayó. Su caída debió de ser muy prolongada. En el cuadro, el sol estaba a medio camino debajo del horizonte, e Ícaro, con la pierna y la rodilla agitándose encima del agua —el agua en la cual estaba a punto de ahogarse, sin que nadie pudiera socorrerle, por su temeridad—, era mostrado inmediatamente después del impacto. Tenía que haber estado cayendo desde el mediodía.

Newton interrumpió aquella especulación.

—Betty Jo me ha dicho que estaba usted dispuesto a ir a Chicago conmigo.

—Sí. Pero, dígame, ¿por qué va a ir usted a Chicago?

Newton hizo un gesto que a Bryce le pareció muy raro: se encogió de hombros y mantuvo las palmas de sus manos vueltas hacia fuera. Probablemente había copiado aquel gesto de Brinnarde. Luego dijo:

—Oh, necesito más químicos. Y he pensado que allí sería un buen lugar para contratarlos.

—¿Y yo?

—Usted es químico. Mejor dicho, ingeniero químico.

Bryce vaciló antes de hablar. Lo que iba a decir sería desagradable, pero a Newton no parecía molestarle la franqueza.

—Tiene usted un montón de personal, señor Newton —dijo. Se obligó a reír—. Tuve que abrirme paso a través de un ejército antes de conseguir hablar con usted.

—Sí —dijo Newton. Se volvió de nuevo hacia el cuadro, le echó una breve ojeada, y luego añadió—: Quizá lo que en realidad deseo son unas... vacaciones. Una visita a un lugar nuevo.

—¿No ha estado nunca en Chicago?

—No. Me temo que soy una especie de recluso en este mundo.

Bryce casi enrojeció ante la observación. Se volvió hacia el radiador y dijo:

—En Navidad, Chicago no es el mejor lugar del mundo para unas vacaciones.

—El frío no me molesta —dijo Newton—. ¿Y a usted?

Bryce rio nerviosamente.

—No soy tan inmune a él como parece serlo usted. Pero puedo soportarlo.

—Bien. —Newton se acercó a la butaca, recogió su chaqueta y empezó a ponérsela—. Me alegro de que vaya usted conmigo.

Viendo al otro hombre —¿era realmente un hombre?— preparándose para marcharse, Bryce se sintió acometido por el pánico. Era más que posible que no volviera a tener otra oportunidad.

—Espere un momento —murmuró—. Voy a... a prepararme un trago.

Newton no dijo nada. Bryce se dirigió a la cocina. En el momento de cruzar la puerta se volvió para comprobar si Newton seguía de pie detrás de la butaca. Su corazón se deshinchó: Newton había vuelto a acercarse al cuadro y lo estaba contemplando con profunda atención. Permanecía semiinclinado, ya que su cabeza quedaba un palmo por encima del propio cuadro.

Bryce se sirvió un whisky doble y acabó de llenar el vaso con agua del grifo. No le gustaba añadir hielo a sus bebidas. Bebió un sorbo, junto al fregadero, maldiciendo silenciosamente la mala suerte que había hecho que Newton decidiera permanecer de pie.

Luego, cuando se disponía a regresar al saloncito, vio que Newton se había sentado.

Estaba mirando hacia la cocina, de modo que vio a Bryce.

—Creo que será mejor que me quede —dijo—. Deberíamos hablar de nuestros planes.

—Desde luego —dijo Bryce—. Deberíamos hablar de ellos. —Se quedó parado, como si no supiera qué hacer, y después añadió apresuradamente—: Yo... he olvidado el hielo. Para mi bebida. Discúlpeme.

Y volvió a entrar en la cocina.

Su mano temblaba mientras la introducía en el cajón del pan y pulsaba el interruptor. Mientras el tubo se calentaba, Bryce se acercó al refrigerador y tomó hielo del cesto. Fue una de las pocas veces en su vida que agradeció los avances de la tecnología; a Dios gracias ya no era necesario luchar con el hielo pegado a las bandejas. Dejó caer dos cubitos en su vaso, salpicando de licor la pechera de su camisa. Luego se acercó de nuevo al cajón del pan, respiró profundamente y apretó el botón.

Se produjo un momentáneo zumbido, casi imperceptible, y luego silencio.

Desconectó el interruptor y regresó al saloncito. Newton continuaba en la butaca, ahora contemplando el radiador. Por unos instantes Bryce no pudo apartar sus ojos del conducto del acondicionador de aire, detrás del cual estaba instalada la cámara, con su película expuesta.

Sacudió la cabeza, tratando de expulsar de ella la sensación de ansiedad. Sería ridículo traicionarse a sí mismo ahora que la cosa estaba hecha. Y, se dio cuenta, se sentía como un traidor: un hombre que acaba de traicionar a un amigo.

Newton dijo:

—Supongo que iremos volando.

Bryce no pudo evitarlo.

—¿Como Ícaro? —dijo, irónicamente.

—Más bien como Dédalo, espero. No me gustaría ahogarme.

Ahora era Bryce el que permanecía de pie. No deseaba sentarse cara a cara con Newton.

—¿En su avión? —inquirió.

—Sí. He pensado que podríamos ir la mañana de Navidad. Es decir, si Brinnarde puede conseguir espacio para tomar tierra en el aeropuerto de Chicago ese día. Supongo que habrá mucho tráfico.

Bryce estaba terminando su bebida... con mucha más rapidez que de costumbre.

—No necesariamente el mismo día de Navidad —dijo—. Hay una especie de pausa entre dos afluencias de tráfico. —Y añadió, sin saber exactamente por qué lo preguntaba—: ¿Viajará también Betty Jo?

Newton vaciló.

—No —dijo finalmente—. Solo nosotros dos.

Bryce se sintió un poco irracional... como se había sentido aquel otro día cuando habían bebido ginebra y conversado, junto al lago.

—¿No le echará ella de menos? —preguntó.

Desde luego, el asunto no era de su incumbencia.

—Probablemente. —A Newton no parecía haberle ofendido la pregunta—. Imagino que yo también la echaré de menos a ella, doctor Bryce. Pero no vendrá con nosotros. —Contempló el radiador unos instantes, en silencio—. ¿Puede estar preparado para salir la mañana de Navidad a las ocho? Haré que Brinnarde le recoja a usted... si quiere.

—Me parece muy bien. —Bryce echó la cabeza hacia atrás y se bebió el resto de su whisky—. ¿Cuánto tiempo estaremos allí?

—Al menos dos o tres días. —Newton se puso en pie y empezó a ponerse la chaqueta, otra vez. Bryce se sintió inundado por una oleada de alivio; tenía la impresión de que no podría seguir conteniéndose. La película...

—Supongo que necesitará usted unas cuantas camisas limpias —estaba diciendo Newton—. Yo correré con los gastos.

—¿Por qué no? —Bryce rio un poco nerviosamente—. Es usted millonario.

—Exactamente —dijo Newton, tirando de la cremallera de su chaqueta. Bryce estaba aún sentado y, alzando la mirada, vio cómo Newton, flaco y bronceado, se erguía por encima de él como una estatua—. Exactamente. Soy millonario.

Y Newton se marchó, agachándose al cruzar la puerta, y se alejó por el paisaje nevado.

Con los dedos temblando de excitación y la mente avergonzada de los dedos por estar tan excitados, Bryce sacó la rejilla del conducto del acondicionador de aire, extrajo la cámara, la depositó sobre el diván y la descargó. Luego se puso su abrigo, guardó cuidadosamente la película en un bolsillo y se encaminó a través de la nieve, que ahora formaba una espesa capa sobre el suelo, al laboratorio. Le costó un gran esfuerzo no echar a correr.

El laboratorio estaba vacío... ¡Menos mal que se le había ocurrido sugerirles a sus ayudantes que se marcharan! Se dirigió directamente a la sala de revelado y proyección. No se detuvo a conectar los radiadores, a pesar de que en el laboratorio hacía mucho frío. Se dejó puesto el abrigo.

Cuando sacó el negativo del recipiente de revelado gaseoso sus manos temblaban tanto que le resultó casi imposible introducir la película en la máquina. Pero al fin lo consiguió.

Luego, cuando puso en marcha el proyector y miró la pantalla situada en la pared del fondo, sus manos dejaron de temblar y la respiración pareció cuajarse en su garganta. La contempló fijamente durante un minuto entero. Después, bruscamente, regresó al laboratorio: la enorme y larga sala ahora solitaria y muy fría. Silbaba a través de sus dientes y, por algún motivo ignorado, la melodía era: *Si conocieras a Susie como yo conozco a Susie...*

Luego, solo en el laboratorio, empezó a reír en voz alta, aunque suavemente. «Sí», dijo, y la palabra rebotó hacia él desde la lejana pared del fondo de la habitación, rebotó huecamente sobre hileras de tubos de ensayo y mecheros Bunsen, cristalería y crisoles y hornillos y máquinas verificadoras. «Sí —repitió—. Sí señor, Rumplestiltskin.» Antes de extraer la película del proyector contempló una vez más la imagen en la pared —la imagen, enmarcada por el débil contorno de una butaca, de una imposible estructura ósea en un cuerpo imposible—, sin esternón ni coxis ni costillas flotantes, con vértebras cervicales cartilaginosas, escápula diminuta y puntiaguda, segunda y tercera costillas fusionadas. Dios mío, pensó, Dios mío. Venus, Urano, Júpiter, Neptuno o Marte. ¡Dios mío!

Y vio, en la esquina inferior de la película, la pequeña y apenas visible imagen de las palabras, W. E. Corp. Y su significado, conocido por él desde que había empezado a investigar sobre la fuente de aquella película en color hacía más de un año, volvió a él con una espantosa serie de implicaciones: *World Enterprises Corporation.*

5

En el avión hablaron muy poco. Bryce trató de leer algunos folletos sobre investigación metalúrgica, pero estaba demasiado nervioso para concentrarse en la lectura, y su mente emprendió el acostumbrado vagabundeo. De vez en cuando echaba una ojeada a través del angosto salón hacia el lugar donde Newton estaba sentado, tranquilo, con un vaso de agua en una mano y un libro en la otra. El libro era una *Antología poética* de Wallace Stevens. El rostro de Newton tenía una expresión plácida, casi ensimismada. Las paredes del salón estaban decoradas con grandes fotografías en color de aves acuáticas: grullas, flamencos, garzas, patos. La otra vez que había estado a bordo del avión, en su primer viaje a la sede del proyecto, Bryce había admirado los cuadros por el buen gusto que los había puesto allí; ahora le hacían sentirse incómodo, parecían casi siniestros. Newton sorbió su agua, volvió páginas, sonrió un par de veces hacia Bryce, pero no dijo nada. A través de una ventanilla detrás de Newton, Bryce podía ver un rectángulo de sucio cielo gris.

Tardaron un poco menos de una hora en llegar a Chicago, y otros diez minutos en aterrizar. Irrumpieron en una confusión de vehículos grises y ambiguos, multitudes de personas de aspecto decidido, y nieve vidriosa, rizada, rehelada y sucia. El viento golpeaba sus rostros como un saco lleno de pinchos. Bryce hundió su barbilla en su bufanda, se subió el cuello del abrigo y se apretó más el sombrero. Mientras hacía todo esto miró a Newton. Incluso Newton parecía afectado por el viento frío, ya que puso sus manos en los bolsillos y encogió los hombros. Bryce llevaba un pesado abrigo; Newton, un conjunto de chaqueta y pantalón de lana. Resultaba extraño verle vestido de aquella manera. Bryce se preguntó qué aspecto tendría con un sombrero. Tal vez un hombre de Marte debería llevar un sombrero hongo.

Un vehículo de hocico achatado arrastró al avión fuera de la pista. La graciosa aeronave parecía seguir al vehículo de mala gana, como avergonzada por la ignominia de estar en el suelo. Alguien le gritó «¡Feliz Navidad!» a otra persona, y Bryce se dio cuenta con un sobresalto que era realmente el día de Navidad. Newton pasó por delante de él, preocupado, y Bryce empezó a seguirle, andando lentamente y con cuidado sobre las mesetas y cráteres de hielo, como sucia piedra gris bajo sus pies, sobre una superficie semejante a la superficie de la luna.

El edificio de la terminal tenía una temperatura excesivamente alta, hasta el punto de provocar sudores, y lo llenaba una ruidosa multitud. En el centro de la sala de espera había un gigantesco y repulsivo árbol de Navidad de plástico, cubierto de nieve de plástico, carámbanos de plástico y malignas luces parpadeantes. Cantado por un coro melifluo e invisible, con acompañamiento de campana y órgano electrónico, el «Blanca Navidad» se elevaba a intervalos por encima del alboroto de la multitud: «Oh, blanca Navidad...». Una antigua y bonita canción de Navidad. Desde conductos ocultos en alguna parte surgían bocanadas de aire con olor a pino... mejor dicho, a aceite de pino, como el de los lavabos públicos. Había grupos de mujeres envueltas en pieles, y hombres que andaban con paso decidido portando maletas, paquetes, cámaras fotográficas. Un borracho estaba tumbado en una butaca imitación cuero, con el rostro congestionado. Un niño, cerca de Bryce, le dijo a otro niño en tono rabioso: «Y tú también lo eres». Bryce no oyó la réplica: «Recordar tu infancia podrás al llegar la blanca Na... vi... daaaad».

—Nuestro automóvil tiene que estar delante del edificio —dijo Newton. En su voz había algo que sugería dolor.

Bryce asintió. Echaron a andar silenciosamente a través de la multitud y cruzaron la puerta principal.

El automóvil les estaba esperando, con un chofer uniformado.

Cuando se hubieron instalado cómodamente en su interior, Bryce
dijo:

—¿Qué le parece Chicago?

Newton le miró unos instantes en silencio y luego dijo:

—Casi había olvidado que existe tanta gente. —Y a continuación,
con una rígida sonrisa, citó a Dante—: «Creído nunca hubiera que
hubiese a tantos la muerte deshecho». Bryce pensó: *Si tú eres Dante
entre los condenados —y probablemente lo seas—, yo soy Virgilio.*

Después de almorzar en la habitación de su hotel, tomaron el
ascensor hasta el vestíbulo, donde se encontraban los delegados, tratando de aparecer felices, importantes y desenvueltos. El vestíbulo
estaba lleno de muebles de aluminio y caoba del estilo moderno
japonés que era el equivalente actual de la elegancia. Pasaron varias
horas hablando con personas con las cuales Bryce estaba vagamente
relacionado —y que en su mayor parte no le eran simpáticas— y
encontraron tres que parecían interesadas en trabajar para Newton.
Concertaron citas. Newton habló muy poco. Asentía y sonreía al ser
presentado, y ocasionalmente hacía una observación. Atrajo cierta
atención —cuando se corrió la voz de quién era—, pero él no pareció
darse cuenta. Bryce tuvo la clara impresión de que Newton se hallaba
bajo los efectos de una considerable tensión, aunque su rostro permanecía tan plácido como siempre.

Fueron invitados a un cóctel en uno de los apartamentos, ofrecido —con los gastos deducibles de los impuestos— por una empresa
de ingeniería, y Newton aceptó por los dos. El hombre con cara de
comadreja que les invitó pareció encantado por la aceptación y dijo,
alzando la mirada hacia Newton, que era veinte centímetros más alto
que él:

—Será un verdadero honor, señor Newton. Un verdadero honor
tener la oportunidad de hablar con usted.

—Gracias —dijo Newton con su estereotipada sonrisa. Luego,
cuando el hombre se marchó, le dijo a Bryce—: Me gustaría salir a dar
un paseo. ¿Quiere acompañarme?

Bryce asintió, aliviado.

—Voy a buscar mi abrigo.

En su camino hacia el ascensor pasó por delante de un grupo de tres hombres, correctamente vestidos, que hablaban en voz alta y en tono de importancia. Uno de ellos estaba diciendo, cuando pasó Bryce: «... no solo en Washington. No irán ustedes a decirme que no existe ningún futuro en la guerra química. Es un campo que necesita hombres nuevos».

A pesar de que era Navidad, había tiendas abiertas. Las calles estaban atestadas de gente. La mayoría de los transeúntes miraban fijamente delante de ellos, como ensimismados. Newton parecía estar nervioso ahora. Diríase que respondía a la presencia de la gente como si fueran una ola, o un palpable campo de energía como el de un millar de electromagnetos, a punto de engullirle. Daba la impresión de que el seguir avanzando exigía de él un verdadero esfuerzo.

Entraron en varias tiendas y fueron asaltados por brillantes luces colgadas del techo y un calor pegajoso.

—Creo que debería comprar un regalo para Betty Jo —observó Newton.

Finalmente, en una joyería, compró un hermoso reloj de mármol blanco y oro. Bryce cargó con él para llevarlo al hotel, dentro de un estuche envuelto en papel de vivos colores.

—¿Cree que le gustará? —dijo Newton.

Bryce se encogió de hombros.

—Desde luego que le gustará.

Estaba empezando a nevar...

Se celebraron muchas reuniones durante la tarde y la noche, pero Newton no las mencionó, y Bryce se sintió aliviado al no tener que asistir a ninguna de ellas. Nunca había encontrado útiles aquellas tonterías: discutir sobre «retos» y «conceptos practicables». Pasaron el resto de la tarde entrevistando a los tres hombres que habían manifestado interés en trabajar para la World Enterprises. Dos de ellos aceptaron empleos y empezarían en primavera; no se lo pensaron demasiado, teniendo en cuenta los sueldos que pagaba Newton. Uno de ellos trabajaría en líquidos refrigerantes para los motores del vehículo; el otro, un joven afable y muy brillante, trabajaría a las órdenes de Bryce. Era un especialista en corrosión. A Newton pareció agradarle el haber contratado a los dos hombres, aunque también era evidente que en realidad no le importaba. A lo largo de todas las entrevistas se mostró distraído, remoto, y Bryce se vio obligado a formular casi todas las preguntas. Cuando la cosa terminó, Newton pareció experimentar un gran alivio. Pero resultaba difícil saber exactamente cuáles eran sus sentimientos. Habría sido interesante saber lo que ocurría en aquella extraña mente, y qué ocultaba aquella sonrisa maquinal... aquella sonrisa leve, prudente, melancólica.

El cóctel se celebraba en el ático. Entraron desde el corto vestíbulo a una amplia habitación alfombrada en azul, llena de gente que hablaba en voz baja, principalmente hombres. Una de las paredes era de cristal, y las luces de la ciudad se extendían a través de su superficie como pintadas allí en algún tipo de elaborado diagrama molecular. Los muebles eran todos Luis xv, lo cual le gustó a Bryce. Los cuadros colgados de la pared eran buenos. Una fuga barroca, suave pero clara, brotaba de un altavoz en alguna parte; Bryce no conocía la pieza, pero le gustó. ¿Bach? ¿Vivaldi? Le agradaba la estancia, y por el placer de estar en ella se sentía dispuesto a soportar la reunión. No obstante, había algo incongruente en aquella pared de cristal, con Chicago parpadeando en su superficie.

Un hombre se separó de un grupo y acudió a recibirles, sonriendo con simpatía. Con un sobresalto, Bryce se dio cuenta de que era el hombre de la guerra química del vestíbulo. Llevaba un traje negro muy bien cortado y parecía estar de un humor excelente.

—Bienvenidos a nuestro refugio de los suburbios —dijo, extendiendo su mano—. Soy Fred Benedict. El bar está allí. —Señaló con aire de conspirador hacia una puerta.

Bryce estrechó su mano, notando con disgusto que el apretón de la otra era calculadamente firme, y se presentó a sí mismo y luego a Newton.

Benedict quedó visiblemente impresionado.

—¡Thomas Newton! —exclamó— No me atrevía a esperar que viniera usted. Ya sabe, tiene fama de... —vaciló— ... eremita. —Se echó a reír. Newton le miró con la misma plácida sonrisa. Benedict continuó, superado su momentáneo desconcierto—: Thomas J. Newton... ¿sabe que resulta difícil creer en su verdadera existencia? Mi empresa utiliza siete procedimientos suyos, es decir, de la World, y la única imagen mental que tenía de usted era la de algún tipo de calculadora.

—Tal vez soy una máquina de calcular —dijo Newton. Y añadió—: ¿Qué tipo de empresa es la suya, señor Benedict?

Por un instante, pareció como si Benedict temiera que se estaban burlando de él. Lo cual, pensó Bryce, era probablemente cierto.

—Estoy en Futures Unlimited. Industria química armamentística principalmente, aunque trabajamos también con plásticos: contenedores y cosas por el estilo. —Hizo una leve reverencia, tratando de mostrarse gracioso—. Sus anfitriones.

—Gracias —dijo Newton, dando un paso hacia la puerta del bar—. Este es un hermoso lugar.

—Eso creemos. Y todo él deducible de los impuestos. —Al ver que Newton empezaba a alejarse, Benedict dijo—: Permítanme que les traiga algo para beber, señor Newton. Me gustaría que conociera usted a algunos de nuestros invitados. —Parecía como si no supiera qué hacer con este hombre alto y singular pero temiera dejarle marchar.

—No se moleste, señor Benedict —dijo Newton—. Nos reuniremos con usted dentro de un rato.

A Benedict no pareció gustarle la idea, pero no protestó. Al entrar en el bar, Bryce dijo:

—No sabía que era usted tan famoso. Cuando traté de encontrarle, hace un año, nadie había oído hablar de usted.

—No se puede guardar un secreto para siempre —dijo Newton, ahora sin sonreír.

La estancia era más pequeña que la otra, pero no desmerecía en elegancia. De la pared, sobre el bruñido mostrador, colgaba el *Déjeuner sur l'herbe* de Manet. El barman era un hombre de edad madura, cabellos blancos y aspecto más distinguido que el de los científicos y hombres de negocios de la otra sala. Sentándose ante la barra, Bryce tomó consciencia de lo ajado de su propio traje gris, comprado en unos grandes almacenes hacía cuatro años. Cuarenta y cinco dólares. Sabía también que su camisa estaba rozada en el cuello, y que las mangas eran demasiado largas.

Pidió un martini, y Newton agua natural sin hielo. Mientras el barman preparaba las bebidas, Bryce miró en torno y dijo:

—¿Sabe una cosa? A veces pienso que debí haberme empleado en una firma como la del señor Benedict cuando me doctoré. —Rio secamente—. Ahora ganaría sesenta mil al año y viviría en este ambiente. —Miró de nuevo a su alrededor y dejó que sus ojos se demoraran, por un instante, en una mujer de mediana edad, lujosamente vestida, con una figura calculadamente conservada y un rostro que sugería dinero y placer. Sombra verde en los ojos y una boca sensual—. Podría haber desarrollado un nuevo tipo de plástico para muñecas, o lubricantes para motores fuera borda...

—O gas venenoso... —A Newton le habían servido su agua y estaba abriendo una cajita de plata y sacando una píldora.

—¿Por qué no? —Bryce alcanzó su martini, procurando no derramarlo—. Alguien tiene que producir el gas venenoso. —Bebió un sorbo. El martini era tan seco que quemó su garganta y su lengua e hizo que su voz sonora una octava más alta—. ¿No dicen que necesitamos cosas como gas venenoso para evitar las guerras? Ya se ha demostrado.

—¿De veras? —dijo Newton—. ¿No trabajó usted en la bomba de hidrógeno... antes de dedicarse a la enseñanza?

—Sí, lo hice. ¿Cómo sabe usted eso?

Newton sonrió... no de un modo maquinal, sino sinceramente divertido.

—Hice que lo investigaran.

Bryce bebió un sorbo más largo.

—¿Para qué? ¿Mi lealtad?

—Oh... curiosidad. —Newton hizo una breve pausa y preguntó—: ¿Por qué trabajó en la bomba?

Bryce meditó unos instantes. Luego se echó a reír ante su situación: utilizando a un marciano, en un bar, como confesor. Pero quizá era adecuado.

—Al principio no sabía que iba a ser una bomba —dijo—. Y en aquella época yo creía en la ciencia pura. Llegar a las estrellas. Los secretos del átomo. Nuestra única esperanza en un mundo caótico.
—Terminó el martini.
   —¿Y ya no cree usted en esas cosas?
   —No.
La música procedente de la otra habitación se había trocado en un madrigal que Bryce reconoció vagamente. Se desarrollaba delicadamente, intrincadamente, con la falsa implicación de ingenuidad que la antigua música polifónica parecía tener para él. ¿Era falsa? ¿No existían artes ingenuas y artes sofisticadas? ¿Y artes corrompidas también? ¿Y no podría ser eso igualmente cierto de las ciencias? ¿Podría estar más corrompida la química que la botánica? Pero no se trataba de eso. Eran los usos, los fines...
   —Supongo que yo tampoco —dijo Newton.
   —Creo que tomaré otro martini —dijo Bryce. Un sabroso e indiscutiblemente corrompido martini. Desde alguna parte de su cerebro llegaron las palabras, *Hombres de poca fe*. Rio para sí mismo y miró a Newton. Newton permanecía sentado, muy erguido, bebiendo su agua. El segundo martini no quemó tanto su garganta. Pidió un tercero. Después de todo, pagaba el hombre de la guerra química. ¿O pagaban los contribuyentes? Dependía de cómo se mirase. Bryce se encogió de hombros. Todo el mundo pagaría por todo, a fin de cuentas: Massachusetts y Marte; pagaría todo el mundo en todas partes.
   —Regresemos a la otra sala —dijo, tomando su nuevo martini con una mano y sorbiéndolo cuidadosamente para que no se derramara. Se dio cuenta de que el puño de su camisa estaba enteramente fuera de la manga de la americana, como una ancha y ajada muñequera.
   Cuando llegaron a la puerta que daba al gran salón su camino quedó bloqueado por un hombre bajo y rechoncho que hablaba con el desparpajo propio de la embriaguez. Bryce volvió la cara rápidamente, esperando que el hombre no le reconocería. Era Walter Canutti de la Universidad Pendley, de Pendley, Iowa.
   —¡Bryce! —dijo Canutti—. ¡Vaya por Dios! ¡Nathan Bryce!
   —Hola, Profesor Canutti. —Bryce cambió el martini a su mano

izquierda, torpemente, y estrechó la mano de Canutti, cuyo rostro
estaba enrojecido: su embriaguez era más pronunciada de lo que
había parecido en el primer momento. Llevaba una chaqueta de seda
verde y una camisa de color tabaco, con pequeños y discretos volantes en el cuello. El atuendo era demasiado juvenil para él. Salvo por el
sonrosado y blando rostro parecía un maniquí en la portada de una
revista de moda masculina. Bryce trató de evitar que su voz reflejara
el asco que experimentaba—. ¡Me alegro mucho de verle!

Canutti estaba mirando a Newton con aire interrogador, y Bryce se
vio obligado a presentarles. Se hizo un lío con los nombres, y se enfu-
reció consigo mismo por su torpeza.

Canutti quedó todavía más impresionado que el otro hombre,
Benedict, por el nombre de Newton. Sacudió la mano de Newton
con las dos suyas, diciendo:

—Sí. Sí, desde luego. World Enterprises. Lo más grande desde
General Dynamics.

Se expresaba como si tuviera la esperanza de lograr un suculento
contrato para Pendley. A Bryce le horrorizaba ver a profesores adu-
lando a hombres de negocios —los mismos hombres a los que ridicu-
lizaban en sus conversaciones privadas—, si existía la posibilidad de
obtener un contrato de investigación.

Newton murmuró y sonrió, y finalmente Canutti soltó su mano,
intentó sonreír como un buen muchacho y dijo:

—¡*Bien!* —Y luego, apoyando su brazo sobre el hombro de Bryce—:
Bien, ha pasado mucha agua bajo el puente, Nate. —Bruscamente,
pareció asaltado por una idea, y Bryce suspiró, lleno de aprensión—.
Oiga, ¿trabaja usted para World Enterprises, Nate?

Bryce no contestó, sabiendo lo que vendría a continuación.

Entonces Newton dijo:

—El doctor Bryce trabaja para nosotros desde hace más de un año.

—Caramba... —El rostro de Canutti estaba enrojeciendo sobre
el rizado cuello de su camisa—. Caramba. ¡Trabajando para World
Enterprises! —Una expresión de incontrolable regocijo se extendió
por su mofletudo rostro, y Bryce, apurando su martini de un trago,
pensó en lo agradable que resultaría pisotear aquel rostro. La sonrisa

se convirtió en una risita eructante, y luego Canutti se volvió hacia Newton y dijo—: Esto no tiene precio. Tengo que contárselo, señor Newton. —Rio de nuevo—. Estoy seguro de que a Nate no le importará, puesto que ahora ya ha pasado todo. Pero ¿sabe una cosa, señor Newton? Cuando Nate se marchó de Pendley, estaba muy preocupado por algunas de las cosas que ahora probablemente le ayuda a fabricar...

—¿De veras? —dijo Newton, llenando la pausa.

—Pero lo bueno del caso es esto. —Canutti alargó una mano y la posó sobre el hombro de Bryce, el cual pensó que no le costaría nada morderla, pero se limitó a escuchar, fascinado, lo que sabía que vendría a continuación—. Lo bueno del caso es que el bueno de Nate, aquí presente, creía que estaba usted produciendo todas esas cosas que fabrica por alguna especie de vudú. ¿No es cierto, Nate?

—Es cierto —dijo Bryce—. Vudú.

Canutti se echó a reír.

—Nate es uno de los mejores hombres en su especialidad, como usted ya debe de saber, señor Newton. Quizá por eso mismo se hizo un lío: creía que sus películas en color habían sido inventadas en Marte.

—¡Oh! —dijo Newton.

—Es cierto. En Marte o en alguna otra parte. «Extraterrestre», dijo. —Canutti apretó el hombro de Bryce, para darle a entender que no hablaba con mala intención—. Apuesto que cuando le vio a usted esperaba encontrarse ante alguien con tres cabezas. O tentáculos. Newton sonrió cordialmente.

—Tiene gracia. —Luego miró a Bryce—. Siento haberle decepcionado —dijo.

Bryce apartó la mirada.

—No me ha decepcionado —dijo. Sus manos estaban temblando; depositó su vaso sobre una mesa y hundió sus manos en los bolsillos de su americana. Canutti seguía hablando, ahora acerca de algún artículo que había leído en una revista sobre World Enterprises y sus aportaciones al PIB. Bruscamente, Bryce le interrumpió.

—Discúlpenme —dijo—, creo que necesito otro trago. —Dio

media vuelta y se encaminó rápidamente hacia el bar, sin mirar a ninguno de los dos hombres mientras lo hacía.

Pero cuando le sirvieron el martini no le apeteció. El bar se le había hecho opresivo; el barman ya no le parecía distinguido, sino un simple lacayo pretencioso. La música de la otra sala —ahora un motete— era nerviosa y estridente. Había demasiada gente en el bar, y sus voces eran demasiado ruidosas. Miró a su alrededor, desesperado: todos los hombres tenían un aspecto impecable, petulante; las mujeres parecían arpías. *A la mierda con ello*, pensó, *a la mierda con todo*. Se alejó del mostrador, sin tocar su vaso, y regresó con paso decidido al salón principal.

Newton le estaba esperando, solo.

Bryce le miró a los ojos, tratando de no parpadear.

—¿Dónde está Canutti? —dijo.

—Le dije que íbamos a marcharnos. —Se encogió de hombros, con el inverosímil gesto francés que Bryce le había visto hacer antes—. Es un tipo grosero, ¿verdad?

Bryce siguió mirándole por un instante a sus intraducibles ojos. Luego dijo:

—Vámonos de aquí.

Se marcharon en silencio, anduvieron uno al lado del otro, sin decir nada, a lo largo del alfombrado vestíbulo hasta su habitación. Bryce abrió la puerta con su llave y, después de haberla cerrado detrás de ellos, dijo, tranquilamente ahora, con voz firme:

—Bueno, ¿lo es usted?

Newton se sentó en el borde de la cama, sonrió cansadamente y dijo:

—Desde luego que lo soy.

No había nada más que decir. Bryce se descubrió a sí mismo murmurando: «Dios, Dios». Se sentó a su vez en una butaca y contempló fijamente sus pies. «Dios.»

Permaneció sentado allí un espacio de tiempo que le pareció muy largo, contemplando sus pies. Lo había sabido, pero la impresión de oírlo decir era algo distinto.

Finalmente, Newton dijo:

—¿Quiere usted beber algo?

Bryce alzó la mirada y, súbitamente, se echó a reír.

—Por el amor de Dios, sí.

Newton alargó la mano hacia el teléfono que estaba junto a la cama y llamó al servicio de habitaciones. Pidió dos botellas de ginebra, vermut y hielo. Luego, colgando el receptor, dijo:

—Vamos a emborracharnos, doctor Bryce. Esto hay que celebrarlo.

No hablaron hasta que llegó el botones, empujando un carrito con el licor, hielo y una jarra de martini. En la bandeja había un plato con cebollitas en vinagre, piel de limón y aceitunas verdes. En otro plato había almendras saladas. Cuando el botones se hubo marchado, Newton dijo:

—¿Le importaría preparar las bebidas? Me gusta la ginebra sola. —Todavía estaba sentado en el borde de la cama.

—Será un placer. —Bryce se puso en pie, sintiéndose más animado—. ¿Marte?

La voz de Newton sonó rara a sus oídos. ¿O era solo que él, Bryce, estaba borracho?

—¿Supone alguna diferencia?

—Estoy convencido de que sí. ¿Pertenece usted a este... sistema solar?

—Sí. Que yo sepa, no hay ninguno más.

—¿Ningún otro sistema solar?

Newton tomó el vaso de ginebra que Bryce le ofrecía y lo contempló especulativamente.

—Únicamente soles —dijo—, sin planetas. O ninguno que yo sepa.

Bryce estaba agitando un martini. Sus manos habían dejado de temblar, como si acabara de superar una prueba decisiva. Tenía la impresión de que ahora nada podía afectarle ni sorprenderle.

—¿Cuánto tiempo lleva usted aquí? —dijo, sin dejar de remover, oyendo tintinear el hielo contra la pared de la jarra.

—¿No ha removido suficientemente esa bebida? —dijo Newton—. Será mejor que beba. —Tomó un sorbo de la suya—. Hace cinco años que estoy en la Tierra.

Bryce dejó de remover el martini y lo vertió en un vaso. Luego, sintiéndose expansivo, dejó caer en él tres aceitunas. Algo de martini salpicó el mantel blanco que cubría el carrito, formando manchas húmedas.

—¿Piensa usted quedarse? —dijo. Sonó como si estuviera en un café de París, formulándole la pregunta a otro turista. Newton debería llevar una cámara fotográfica colgada al cuello.

—Sí, pienso quedarme.

Sentado ahora, Bryce dejó vagar su mirada por la habitación. Era una habitación agradable, de paredes color verde pálido y cuadros inocuos colgados en ellas.

Volvió a enfocar su mirada en Newton. Thomas Jerome Newton, de Marte. De Marte o de alguna otra parte.

—¿Es usted humano? —dijo.

El vaso de Newton estaba medio vacío.

—Según lo que entienda usted por eso —dijo—. Bastante humano, al fin y al cabo.

Bryce empezó a preguntar: *¿Bastante humano para qué?*, pero no lo hizo. Podía pasar a la segunda gran pregunta, puesto que había formulado ya la primera.

—¿Para qué está usted aquí? —dijo—. ¿Qué ha venido a hacer?

Newton se puso en pie, vertió un poco más de ginebra en su vaso, caminó hasta una butaca y se sentó. Miró a Bryce, sosteniendo el vaso delicadamente en su esbelta mano.

—No estoy seguro de saber por qué estoy aquí —dijo.

—*¿No está seguro de saberlo?* —dijo Bryce.

Newton depositó su vaso sobre la mesa junto a la cama y empezó a quitarse los zapatos.

—Creía saber para qué estaba aquí, al principio. Pero entonces, durante los dos primeros años, estuve ocupado, muy ocupado. Este último año he tenido más tiempo para pensar. Posiblemente demasiado tiempo. —Dejó sus zapatos cuidadosamente, uno al lado del otro, debajo de la cama. Luego extendió sus largas piernas sobre la colcha y se reclinó contra la almohada.

Desde luego *parecía* bastante humano, en aquella postura.

—¿Cuál es la finalidad de la nave que estamos construyendo? Porque es una nave, ¿verdad?, y no un simple ingenio de exploración.

—Es una nave. O, mejor dicho, un transbordador.

Durante algún tiempo, después de la conversación con Canutti, Bryce se había sentido desconcertado; todo había parecido irreal. Pero ahora estaba empezando a recobrar su capacidad de captar las cosas, su visión de hombre de ciencia. Soltó su vaso, decidido a no beber más por el momento: era importante mantener la cabeza despejada. Pero su mano, mientras soltaba el vaso, estaba temblando.

—Entonces, ¿planea usted traer más... compatriotas suyos aquí? ¿En el transbordador?

—Sí.

—¿Cuántos de ustedes hay aquí?

—Únicamente yo.

—Pero ¿por qué construir su nave aquí? Es obvio que han de tener otras en el lugar de donde procede. Usted llegó aquí por sus propios medios.

—Sí, llegué aquí. Pero en una nave individual. El problema es el combustible, ¿comprende? Solo teníamos el suficiente para enviar a uno de nosotros, y solo en viaje de ida.

—¿Combustible atómico? ¿Uranio o algo por el estilo?

—Sí. Desde luego. Pero nos queda muy poco. Y no tenemos petróleo ni carbón ni energía hidroeléctrica. —Newton sonrió—. Hay probablemente centenares de naves, muy superiores a la que estamos construyendo en Kentucky; pero no había manera de traerlas aquí. Ninguna de ellas ha sido utilizada desde hace más de quinientos de nuestros años. La que yo utilicé ni siquiera estaba destinada a viajes interplanetarios. Fue diseñada originalmente como una nave de socorro: una especie de bote salvavidas. Después de aterrizar destruí los motores y los controles y dejé el casco en un campo. He leído en los periódicos que hay un granjero que cobra a la gente cincuenta centavos por verlo. Lo tiene en una tienda de campaña, y vende refrescos. Espero que su negocio marche bien.

—¿No hay algún peligro en eso?

—¿De que llame la atención del FBI o que alguien me localice? No lo creo. Lo peor que podía ocurrir fueron las tonterías de algún suplemento dominical acerca de posibles invasores procedentes del espacio exterior. Pero los lectores de suplementos dominicales han podido disfrutar de cosas aún más sorprendentes que los cascos de naves espaciales encontrados en campos mineros de Kentucky. No creo que nadie relevante se lo haya tomado en serio.

Bryce le miró fijamente.

—¿Le parece ridículo lo de «invasores procedentes del espacio exterior»?

Newton desabotonó el cuello de su camisa.

—Soy de ese parecer.

—Entonces, ¿qué se proponen ustedes al venir aquí? ¿Hacer turismo?

Newton se echó a reír.

—No, desde luego que no. Es posible que podamos ayudarles.

—¿Cómo? —A Bryce no le gustó el tono de Newton al decir aquello—. ¿Cómo podrían ayudarnos?

—Podríamos evitar que se destruyan ustedes a sí mismos si actuamos con la rapidez suficiente. —Luego, cuando Bryce empezó á hablar, Newton dijo—: Perdone, déjeme terminar. No creo que sepa usted el placer que me produce hablar de ello... hablar por fin. —No había vuelto a coger su vaso, después de tumbarse en la cama. Cruzó sus manos sobre su estómago y, mirando afablemente a Bryce, continuó—: Nosotros hemos tenido nuestras propias guerras. Muchas más de las que han tenido ustedes, y apenas hemos sobrevivido a ellas. En eso gastamos la mayor parte de nuestros recursos radioactivos, en bombas. Fuimos un pueblo muy poderoso, muy poderoso; pero eso terminó hace mucho tiempo. Ahora apenas sobrevivimos. —Newton contempló sus manos, como si meditara—. Es curioso que la mayoría de la literatura de ficción acerca de la vida en otros planetas que se encuentra en la Tierra supone siempre que cada uno de los planetas tiene una sola raza inteligente, un solo tipo de sociedad, un solo idioma, un solo gobierno. En Anthea, nuestro nombre es Anthea, aunque desde luego ese no es el nombre que figura en sus libros de astronomía, teníamos, en una época determinada, tres especies inteligentes y siete gobiernos importantes. Ahora queda solamente una especie, que es la mía. Somos los supervivientes, después de cinco guerras libradas con armas radioactivas. No quedamos muchos. Pero sabemos mucho acerca de la guerra, y poseemos grandes conocimientos técnicos. —La mirada de Newton seguía fija en sus manos; su voz se había hecho monótona, como si estuviera recitando un discurso preparado—. Hace cinco años que estoy aquí, y poseo bienes por valor de más de trescientos millones de dólares. Dentro de cinco años más será el doble de eso. Y no es más que el comienzo. Si el plan sigue adelante, en un tiempo existirá el equivalente de World Enterprises en cada país importante de este mundo. Entonces tendremos influencia sobre los políticos. Y sobre los militares. Sabemos mucho sobre armas y defensa. Las de ustedes son muy burdas. Nosotros podemos, por ejemplo, inutilizar el radar: algo muy necesario cuando mi nave aterrizó aquí, y más necesario aún cuando regrese el transbordador. También podemos generar un sistema de energía que evitaría la detonación de cualquiera de sus armas nucleares en un radio de diez kilómetros.

—¿Es suficiente eso?

—No lo sé. Pero mis superiores no son tontos, y ellos parecen creer que puede llevarse a cabo. Mientras tengamos bajo control nuestros aparatos y nuestro conocimiento, fortaleciendo la economía de un pequeño país aquí, comprando una superproducción crítica de alimentos allá, instalando industrias más allá, proporcionando un arma a una nación y una defensa contra ella a otra...

—Pero, maldición, ustedes no son dioses.

—No. Pero ¿les han salvado sus dioses en el pasado?

—No lo sé. No, desde luego que no. —Bryce encendió un cigarrillo. Le costó tres tentativas: sus manos temblaban demasiado. Aspiró profundamente, tratando de tranquilizarse. Se sentía como un estudiante de segundo año, discutiendo el destino humano. Pero esto no era exactamente filosofía abstracta—. ¿Acaso el género humano no tiene derecho a elegir su propia forma de destrucción? —dijo.

Newton esperó un momento antes de hablar.

—¿Cree usted realmente que el género humano tiene ese derecho?

Bryce aplastó su cigarrillo, solo parcialmente consumido, en el cenicero que tenía a su lado.

—Sí. No. No lo sé. ¿No existe acaso algo llamado destino humano? ¿El derecho a realizarnos por nosotros mismos, a vivir nuestras propias vidas y aceptar nuestras propias consecuencias?

Diciendo esto se le ocurrió súbitamente que Newton era el único eslabón con —¿cómo había dicho?— Anthea. Si Newton era destruido, el plan no podría seguir adelante. Y Newton era frágil, muy frágil. La idea le fascinó por unos instantes; él, Bryce, era potencialmente el héroe de todos los héroes... el hombre que, de un certero puñetazo, podía salvar al mundo. Esto podría haber sido muy divertido; pero no lo era.

—Es posible que exista algo llamado destino humano —dijo Newton—, pero imagino que es algo parecido al destino de las aves de paso. O al destino de aquellos grandes animales de pequeños cerebros: creo que se llamaban dinosaurios.

Aquello parecía un poco exagerado.

—Nuestra extinción no es un hecho necesariamente cierto. Se está negociando el desarme. No todos estamos locos.

—Pero lo están la mayoría de ustedes. Los suficientes: solo se necesitan unos cuantos locos, en los lugares adecuados. Suponga que Hitler hubiese estado en posesión de bombas de fusión y misiles intercontinentales. ¿No los hubiera utilizado, sin pensar en las consecuencias? Hacia el final no tenía nada que perder.

—¿Cómo puedo saber que ustedes, los antheanos, no son Hitler?

Newton apartó la mirada.

—Es posible, pero improbable.

—¿Procede usted de una sociedad democrática?

—En Anthea no tenemos nada parecido a una sociedad democrática. Ni tenemos instituciones sociales democráticas. Pero no tenemos la intención de gobernarles a ustedes, aunque pudiéramos hacerlo.

—Entonces ¿cómo llamaría usted al hecho de que un puñado de antheanos manipularan a los hombres y gobiernos de toda la Tierra?

—Podríamos llamarlo como lo acaba de hacer usted: manipulación, u orientación. Y cabe la posibilidad de que no diera resultado. Podría no dar ningún resultado. Ustedes podrían destruir su mundo antes de que nuestra intervención se hiciera notar, o podrían descubrirnos e iniciar una caza de brujas: somos vulnerables, ¿sabe? O incluso en el caso de que alcanzáramos una gran cantidad de poder, no podríamos controlar todos los posibles accidentes. Pero nosotros podemos reducir la probabilidad de que aparezcan otros Hitler, y podemos proteger de la destrucción a sus ciudades más importantes. Y eso —se encogió de hombros— es más de lo que pueden hacer ustedes.

—¿Y quieren hacer eso solo para ayudarnos? —Bryce oyó el sarcasmo en su voz, y esperó que Newton no se diera cuenta.

Si Newton se había dado cuenta, no lo demostró.

—Desde luego que no. Venimos aquí para salvarnos a nosotros mismos. Pero —Newton sonrió— no queremos que los indios quemen nuestra reserva después de habernos instalado en ella.

—¿De qué quieren salvarse ustedes?

—De la extinción. Casi no tenemos agua ni combustible ni recursos naturales. Tenemos una débil energía solar, débil debido a lo lejos que estamos del sol, y disponemos todavía de grandes reservas de alimentos. Pero están disminuyendo. Hay menos de trescientos antheanos vivos.

—¿Menos de trescientos? ¡Dios mío, poco les faltó para destruirse del todo!

—En efecto. Como imagino que harán ustedes dentro de poco tiempo, si no venimos nosotros.

—Tal vez deberían venir ustedes —dijo Bryce—. Tal vez deberían venir. —Notó una tensión en su garganta—. Pero si le ocurriera algo a usted... antes de que la nave esté terminada, ¿no significaría eso el final de todos?

—Sí. Eso acabaría con todo.

—¿No hay combustible para otra nave?

—No hay combustible.

—Entonces —dijo Bryce, más tenso que nunca—, ¿qué me impide interrumpir esto... esta invasión, o manipulación? ¿No debería matarle a usted ahora? Es usted muy débil, lo sé. Imagino que sus huesos son como los de un pájaro, por lo que Betty Jo me dijo.

El rostro de Newton permaneció completamente impasible.

—¿Quiere usted interrumpirlo? Tiene usted razón: podría retorcer mi cuello como el de un pollo. ¿Quiere hacerlo? Ahora que sabe que me llamo Rumplestiltskin, ¿quiere expulsarme del palacio?

—No lo sé —Bryce miró al suelo.

La voz de Newton sonó muy suave.

—Rumplestiltskin convertía la paja en oro.

Bryce alzó la mirada, súbitamente furioso.

—Sí. Y trató de robar el hijo de la princesa.

—Desde luego que lo hizo —dijo Newton—. Pero si no hubiera convertido la paja en oro la princesa habría muerto. Y no hubiese podido tener ningún hijo.

—De acuerdo —dijo Bryce—, no le retorceré el cuello para salvar al mundo.

—¿Sabe una cosa? —dijo Newton—. Casi desearía que lo hiciera. Las cosas serían mucho mas fáciles para mí. —Hizo una pausa—. Pero no puede usted hacerlo.

—¿Por qué no puedo?

—No vine a su mundo desprevenido para un posible descubrimiento. Aunque no esperaba decirle a nadie lo que le he dicho a usted. Pero había muchas cosas que no esperaba. —Contempló de nuevo sus manos, como si se examinara las uñas—. En cualquier caso, llevo un arma. Siempre la llevo encima.

—¿Un arma antheana?

—Sí. Y muy eficaz. No conseguiría usted acercarse a mi cama.

Bryce inhaló rápidamente.

—¿Cómo funciona?

—¿Cree que sería prudente que se lo dijera? —inquirió—. Aún existe la posibilidad de que tenga que utilizarla contra usted.

Algo en la manera de hablar de Newton —no la irónica o pseudosiniestra cualidad de la afirmación en sí, sino lo raro del tono— le recordó a Bryce que, después de todo, estaba hablando con alguien que no era humano. El barniz de humanidad que Newton exhibía podía ser simplemente eso: una capa muy delgada de barniz. Lo que había debajo del barniz, la parte esencial de Newton, su naturaleza específicamente antheana, podría ser completamente inaccesible para él, Bryce, o para cualquiera en la Tierra. Los verdaderos sentimientos y pensamientos de Newton podrían estar más allá de su capacidad de comprensión, ser absolutamente inaccesibles para él.

—Sea cual sea su arma —Bryce habló ahora más cuidadosamente—, espero que no tenga que utilizarla. —Y luego miró de nuevo a su alrededor, a la habitación del gran hotel, a la bandeja con el licor casi intacto, y otra vez a Newton, reclinado en la cama—. Dios mío, resulta difícil de creer. Estar sentado en esta habitación, hablando con un hombre de otro planeta.

—Sí —dijo Newton—, yo también he pensado eso. Yo también estoy hablando con un hombre de otro planeta, ¿sabe?

Bryce se puso en pie y se desperezó. Luego se dirigió hacia la ventana, apartó las cortinas y miró a la calle. Había faros de automóviles en todas partes, sin apenas moverse. Un enorme anuncio luminoso, en frente mismo del hotel, mostraba a Santa Claus bebiendo una Coca-Cola. Racimos de bombillas parpadeantes ponían guiños en los ojos de Santa Claus y hacían centellear el refresco. En alguna parte, débilmente, resonaba un carillón con la notas del «Adeste fideles».

Bryce se volvió hacia Newton, que no se había movido,

—¿Por qué me lo ha contado usted? No tenía que hacerlo.

—Deseaba contárselo. —Newton sonrió—. No he estado seguro de mis motivos durante el pasado año; no estoy seguro de por qué deseaba contárselo. Los antheanos no lo saben necesariamente todo. En cualquier caso, usted ya estaba enterado de lo mío.

—¿Se refiere a lo que dijo Canutti? Eso podría haber sido únicamente mera especulación por mi parte. Podría no haber sido nada.

—No estaba pensando en lo que dijo el Profesor Canutti. Aunque encontré divertida la reacción de usted a sus palabras; pensé que iba a sufrir usted un ataque de apoplejía cuando el profesor dijo «Marte». Pero al decir eso mostró sus cartas.

—¿Por qué no las suyas?

—Bueno, doctor Bryce, entre usted y yo hay muchas diferencias, de las cuales usted no puede tener consciencia. Una de ellas es que mi visión es mucho más aguda que la de ustedes, y su amplitud de frecuencias es considerablemente mas amplia. Esto significa que no puedo ver el color que ustedes llaman «rojo». Pero puedo ver los rayos X.

Bryce abrió la boca para hablar, pero no dijo nada.

—En cuanto vi el fogonazo —dijo Newton—, no me resultó difícil determinar lo que usted estaba haciendo. —Miró a Bryce con aire inquisitivo—. ¿Cómo quedó la fotografía?

Bryce se sintió como un colegial atrapado in fraganti en una travesura.

—Era una fotografía... notable.

Newton asintió.

—Puedo imaginarlo. Si usted pudiera ver mis órganos internos, también tendría alguna que otra sorpresa. En cierta ocasión acudí a un museo de Historia Natural, en Nueva York. Un lugar muy interesante para un... para un turista. Allí se me ocurrió que yo era un ejemplar biológico realmente único en el edificio. Pude imaginarme a mí mismo en formol, dentro de una jarra, con la etiqueta «Humanoide extraterrestre». Me marché con cierta celeridad.

Bryce no pudo contener la risa. Y Newton, ahora que había hecho su confesión, parecía más expansivo, parecía paradójicamente incluso más «humano», ahora que había dejado claro que, de hecho, no era tal cosa. Su rostro era más expresivo, sus modales más relajados que nunca. Pero seguía existiendo aquella sugerencia de otro Newton, de un Newton completamente antheano, inaccesible y raro.

—¿Planea usted regresar a su planeta? —dijo Bryce—. ¿En la nave?

—No. No es necesario. La nave será guiada desde la propia Anthea. Temo que soy un exiliado permanente aquí.

—¿Echa de menos a su... a su gente?

—La echo de menos.

Bryce regresó a su butaca y volvió a sentarse.

—Pero ¿la verá pronto?

Newton vaciló.

—Posiblemente.

—¿Por qué posiblemente? ¿Podría fallar algo?

—No estaba pensando en eso —dijo Newton. Y añadió—: Ya le dije antes que no estaba seguro de saber por qué estaba aquí.

Bryce le miró, intrigado.

—No entiendo lo que quiere decir.

—Bueno —Newton sonrió débilmente—, desde hace algún tiempo he estado pensando en no completar el proyecto, en no enviar la nave a ninguna parte... incluso en no terminar de construirla. Solo tendría que dar una orden.

—Santo cielo, ¿por qué?

—Oh, el proyecto era inteligente, aunque desesperado. Pero ¿qué otra cosa podíamos hacer? —Newton estaba mirando a Bryce, pero no parecía verle—. Sin embargo, yo he desarrollado algunas dudas acerca de su utilidad final. Hay cosas en la cultura de ustedes, en la sociedad de ustedes, que los antheanos desconocemos. ¿Sabe, doctor Bryce, que a veces pienso que estaré loco dentro de unos años? —Newton rectificó su postura en la cama, inclinándose más hacia Bryce—. No estoy seguro de que mi pueblo pueda soportar el mundo de ustedes. Hemos permanecido demasiado tiempo en una torre de marfil.

—Pero ustedes podrían aislarse del mundo. Tienen dinero; podrían vivir por su cuenta, formar su propia sociedad. —¿Qué estaba haciendo? ¿Defendiendo la... invasión antheana, justo cuando acababa de sentirse tan asustado y abrumado por aquella posibilidad?—. Podrían construir su propia ciudad, en Kentucky.

—¿Y esperar a que cayeran las bombas? Estaríamos mejor en Anthea. Allí, al menos, podemos vivir otros cincuenta años. Si tenemos que vivir aquí, no ha de ser como una aislada colonia de monstruos. Tendríamos que dispersarnos por el mundo entero, situarnos en posiciones de influencia. De otro modo, sería absurdo que viniéramos.

—Haga lo que haga, asumirá usted un gran riesgo. ¿Cómo puede pensar en resolver nuestros problemas, si teme establecer un contacto íntimo con nosotros? —Bryce sonrió ambiguamente— . ¿Por qué no podrían ser ustedes nuestros huéspedes?

—Doctor Bryce —dijo Newton, muy serio ahora—, nosotros somos mucho más listos que ustedes. Créame, somos mucho más listos de lo que usted puede imaginar. Y estamos seguros, más allá de toda duda razonable, de que su mundo será un montón de escombros atómicos dentro de menos de treinta años, si no lo evita alguien ajeno a ustedes. A decir verdad —continuó en tono lúgubre—, nos llena de tristeza ver lo que están a punto de hacer con un mundo tan bello y tan fértil. Nosotros destruimos el nuestro hace mucho tiempo, pero teníamos mucho menos de lo que ustedes tienen aquí —Newton pareció excitarse paulatinamente—. ¿Se da cuenta de que no solo destruirán su civilización y matarán a la mayor parte de los habitantes de este mundo, sino que envenenarán también los peces en sus ríos, las ardillas en sus árboles, las bandadas de pájaros, el suelo, el agua? Hay veces en que se nos aparecen ustedes como monos sueltos en un museo, portando cuchillos, rasgando las telas, rompiendo las esculturas a martillazos.

Bryce permaneció silencioso unos instantes. Luego dijo:

—Pero fueron seres humanos los que pintaron los cuadros, hicieron las estatuas.

—Solo unos cuantos seres humanos —dijo Newton—. Solo unos cuantos. —Bruscamente, se levantó de la cama y añadió—: Creo que ya he visto lo suficiente de Chicago. ¿Le gustaría regresar a casa?

—¿*Ahora?* —Bryce consultó su reloj. Dios mío, las dos y media de la madrugada. Navidad había pasado.

—¿Cree usted que va a dormir esta noche de todo modos? —dijo Newton.

Bryce se encogió de hombros.

—Supongo que no. —Y luego, recordando lo que Betty Jo había dicho—: Usted no duerme nunca, ¿verdad?

—A veces duermo —dijo Newton—, pero no con frecuencia. —Se sentó al lado del teléfono—. Despierten por favor a nuestro piloto. Y necesitamos un automóvil que nos lleve al aeropuerto...

Conseguir un automóvil resultó difícil; no llegaron al aeropuerto hasta las cuatro de la mañana. A aquella hora Bryce empezaba a sentirse mareado, y le zumbaban ligeramente los oídos. Newton no mostraba ninguna señal de fatiga. Su rostro, como de costumbre, no revelaba en lo más mínimo lo que podía estar pensando.

Se produjeron confusiones y varias demoras antes de conseguir el permiso para despegar, y cuando por fin remontaron el vuelo por encima del lago Michigan, empezaba a formarse un rosado y suave amanecer.

Era de día cuando llegaron a Kentucky, el comienzo de un claro día de invierno. Descendiendo para el aterrizaje, lo primero que vieron fue el resplandeciente casco de la nave —el transbordador de Newton—, semejante a un bruñido monumento brillando al sol matinal. Y luego, mientras planeaban sobre el campo, vieron algo sorprendente. Posado elegantemente en un extremo de la pista, al lado del hangar de Newton, había un avión blanco, bellamente aerodinámico, dos veces mayor que el aparato en el que ellos viajaban. En sus alas lucía el emblema de las Fuerzas Aéreas de los Estados Unidos.

—Bueno —dijo Newton—, me pregunto quién ha venido a visitarnos.

Tenían que pasar por delante del avión blanco para llegar al monorraíl, y Bryce no pudo evitar el sentirse impresionado por la belleza de aquel aparato: sus excelentes proporciones y la gracia de sus líneas.

—Si lo hiciéramos todo tan hermoso —suspiró.

Newton también estaba mirando hacia el avión.

—Pero no lo hacen ustedes —dijo.

Viajaron en el monorraíl en silencio. A Bryce le dolían los brazos y las piernas por la falta de sueño; pero su mente estaba llena de imágenes penetrantes y de pensamientos a medio formar.

Tendría que haberse marchado a su propia casa; pero cuando Newton le invitó a desayunar, aceptó. Resultaría más fácil que procurarse su propia comida.

Betty Jo estaba levantada, vestida con un quimono de color naranja y con una cinta de seda en el pelo; su rostro tenía una expresión preocupada y sus ojos estaban enrojecidos e hinchados. Al abrir la puerta, dijo:

—Han venido unos hombres, señor Newton. Están aquí. No sé...

Sin dejar que terminara la frase, pasaron por delante de ella y entraron en el salón. En él había cinco hombres sentados, que se pusieron en pie rápidamente.

Brinnarde estaba en el centro del grupo. Había otros tres hombres vestidos de paisano, y el cuarto, en uniforme azul, era obviamente el piloto del avión de las Fuerzas Aéreas. Brinnarde los presentó a todos, de un modo eficiente y evasivo. Luego, Newton, todavía de pie, dijo:

—¿Hace mucho que me esperan?

—No —dijo Brinnarde—, no. En realidad, retrasamos su salida del aeropuerto de Chicago para poder llegar aquí antes que usted. El cronometraje fue muy bueno. Espero que la demora no le haya causado demasiadas molestias.

Newton permaneció impasible.

—¿Cómo lo consiguió?

—Bueno, Sr. Newton —dijo Brinnarde—, formo parte del FBI. Esos hombres son colegas míos.

La voz de Newton vaciló ligeramente.

—Eso es muy interesante. Supongo que eso le convierte a usted en un... espía.

—Supongo que sí. En cualquier caso, señor Newton, he recibido la orden de detenerle, y he de pedirle que me acompañe.

Newton respiró lenta, profundamente, de un modo muy humano.

—¿Cuál es el motivo de mi detención?

Brinnarde sonrió cortésmente.

—Está usted acusado de haber entrado ilegalmente en los Estados Unidos. Creemos que es usted un extranjero.

Newton permaneció en silencio durante un largo instante. Luego dijo:

—¿Podría desayunar primero, por favor?

Brinnarde vaciló, y luego sonrió de un modo que resultó asombrosamente afable.

—No veo por qué no, señor Newton —dijo—. Creo que también nosotros podríamos comer algo. Estos hombres se han levantado a las cuatro de la madrugada, en Louisville, para realizar este servicio.

Betty Jo les preparó huevos revueltos y café. Mientras comían, Newton preguntó con indiferencia si podía llamar a su abogado.

—Me temo que no —dijo Brinnarde.

—¿No hay un derecho constitucional que así lo prevé?

—Sí —dijo Brinnarde, dejando su taza de café—. Pero usted no tiene derechos constitucionales. Como ya le he dicho, creemos que no es usted ciudadano norteamericano.

6

Newton soltó su libro. El doctor no tardaría en llegar, y de todos modos no tenía ganas de seguir leyendo. En las dos semanas de su confinamiento apenas había hecho otra cosa más que leer. Es decir, cuando no estaba siendo interrogado, o examinado por los doctores —médicos, antropólogos, psiquiatras— o por los hombres vestidos de oscuro que debían de ser funcionarios del gobierno, aunque nunca le decían quiénes eran cuando él se lo preguntaba. Había releído a Spinoza, Hegel, Spengler, Keats, el Nuevo Testamento, y ahora estaba leyendo algunos libros nuevos sobre lingüística. Le traían todo lo que pedía, con gran celeridad y cortesía. Tenía también un tocadiscos, que rara vez usaba, una colección de películas, un aparato de televisión World Enterprises, y un bar, pero ninguna ventana para ver Washington a través de ella. Le habían dicho que estaba en algún lugar próximo a aquella ciudad, aunque no concretaron lo cerca que se encontraba de ella. Veía la televisión por las noches, en parte por una especie de nostalgia, a veces por curiosidad. En ocasiones se mencionaba su nombre en los telediarios... ya que resultaba imposible que un hombre tan rico como él pudiera ser detenido por orden del gobierno sin cierta publicidad. Pero las referencias eran siempre vagas, procedentes de anónimas fuentes oficiales y utilizando frases tales como «una nube de sospechas». Se decía que era un «extranjero incontrolado»; pero ninguna fuente gubernamental había aclarado de dónde era... o de dónde creían que era. Un comentarista de televisión, famoso por lo agudo de su ingenio, había dicho mordazmente: «Pese a todo lo que diga Washington, hay que suponer que el señor

Newton, actualmente bajo vigilancia y bajo custodia, es un visitante que procede o de la Mongolia Exterior o del espacio exterior».

Newton sabía también que aquellas emisiones serían escuchadas por sus superiores en Anthea, y la idea de su consternación al enterarse de su situación y de su curiosidad al descubrir lo que en realidad estaba ocurriendo le divertía.

Bueno, él mismo no sabía lo que en realidad estaba ocurriendo. Aparentemente, el gobierno sospechaba de él... lo cual no era de extrañar teniendo en cuenta la información que Brinnarde habría facilitado durante el año y medio que trabajó como su secretario. Y Brinnarde, que había sido su mano derecha en el proyecto, debió emplazar muchos espías en todos los tentáculos de la organización, de modo que el gobierno tenía que estar minuciosamente informado de sus actividades y del propio proyecto. Pero había cosas que Newton no le había confiado a Brinnarde, cosas que era muy improbable que se supieran. Sin embargo, resultaba imposible decidir lo que sabían exactamente. A veces se preguntaba qué pasaría si les dijera a sus interrogadores: «En realidad procedo del espacio exterior, y pretendo conquistar el mundo». Podría provocar reacciones interesantes. Aunque era más que improbable que la credulidad fuera una de ellas.

A veces se preguntaba cómo marcharían las cosas en la World Enterprises, ahora que él estaba completamente desconectado de ella. ¿Seguía dirigiéndola Farnsworth? Newton no recibía ninguna carta, ninguna llamada telefónica. Había un teléfono en su sala de estar, pero nunca sonaba, y a él no le estaba permitido hacer llamadas al exterior. Era de color azul celeste y estaba situado sobre una mesita de caoba. Newton había intentado utilizarlo en varias ocasiones, pero siempre surgía una voz a través del receptor —una voz al parecer grabada— que decía, cuando Newton lo levantaba: «Lo siento, pero el uso de este teléfono está reservado». La voz era agradable, femenina, artificial. Nunca decía para quién o para qué estaba reservado el teléfono. A veces, cuando le pesaba la soledad o estaba un poco borracho —no bebía tanto como antes, ahora que se había librado de parte de la presión—, descolgaba el receptor simplemente para oír la voz que decía: «Lo siento, pero el uso de este teléfono está reservado». La voz era muy suave; sugería una cortesía infinita y algún tipo de procedencia electrónica.

Como siempre, el doctor fue puntual; los guardias le dejaron pasar a las once en punto de la mañana. Llevaba su maletín y le acompañaba una enfermera de rostro deliberadamente impasible: la clase de rostro que parecía decir: «No me importa que usted muera, yo me limito a ser eficiente en la parte que me corresponde». Era rubia y, según criterios humanos, bonita. El doctor se llamaba Martínez; era fisiólogo.

—Buenos días, doctor —dijo Newton—. ¿Qué puedo hacer por usted?

El doctor sonrió de un modo profesional.

—Otro test, señor Newton. Otro pequeño test. —Tenía un leve acento español. A Newton le resultaba simpático; era menos protocolario que la mayoría de las personas con las que tenía que tratar...

—Tengo la impresión de que ya saben ustedes todo lo que querían saber acerca de mí —dijo Newton—. Me han examinado con rayos X, han analizado mi sangre y mi aparato linfático, han registrado mis ondas cerebrales, me han medido, y han tomado muestras de mis huesos, hígado y riñones. No creo tener más sorpresas para ustedes.

El doctor agitó la cabeza y le dirigió una sonrisa superficial.

—Dios sabe que le hemos encontrado... interesante. Tiene usted una serie de órganos algo complejos.

—Soy un fenómeno, doctor.

El doctor se echó a reír, pero con una risa contenida.

—No sé qué haríamos si desarrollara usted una apendicitis o algo por el estilo. Apenas sabríamos dónde mirar.

Newton sonrió.

—No tendrían que molestarse. No tengo ningún apéndice. —Se retrepó en su asiento—. Pero imagino que ustedes me operarían de todos modos. Probablemente les encantaría abrirme en canal y ver qué nuevas rarezas podían descubrir.

—Oh, no lo sé —dijo el doctor—. En realidad, una de las primeras cosas que descubrimos de usted, después de contar los dedos de sus pies, desde luego, fue que no tenía ningún apéndice vermiforme. De hecho; hay muchas cosas que usted no tiene. Hemos estado utilizando el equipo más moderno de que disponemos, ¿sabe? —Luego, bruscamente, se volvió hacia la enfermera—. ¿Quiere suministrarle al señor Newton la Nembucaína, señorita Griggs?

Newton parpadeó.

—Doctor —protestó—, ya le he dicho que los anestésicos no ejercen el menor efecto sobre mi sistema nervioso, excepto para provocarme cefalea. Si va usted a hacerme algo doloroso, no veo el motivo de que lo haga más doloroso aún.

La enfermera, ignorándole por completo, empezó a preparar una aguja hipodérmica. El doctor Martínez le dirigió la sonrisa paternalista que se reserva a los torpes esfuerzos de los pacientes por comprender los ritos de la medicina.

—Es posible que ignore usted lo mucho que dolerían esas cosas si no utilizáramos anestésicos.

Newton estaba empezando a sentirse exasperado. Su impresión de ser un humano inteligente asediado por monos pomposos y curiosos se había hecho muy aguda durante las últimas semanas. Salvo, desde luego, que él estaba en la jaula, mientras los monos iban y venían, examinándole y tratando de parecer listos.

—Doctor —dijo—, ¿no ha visto usted los resultados de los test de inteligencia que me han sido practicados?

El doctor había abierto su maletín sobre el escritorio y estaba sacando algunos formularios. Cada una de las hojas llevaba claramente impresas las palabras «TOP SECRET».

—Los test de inteligencia no son mi especialidad, señor Newton. Y como usted probablemente sabe, toda esa información es altamente confidencial.

—Sí. Pero usted la conoce.

El doctor carraspeó. Estaba empezando a rellenar uno de los formularios. Fecha; tipo de test.

—Bueno, he oído algunos rumores.

Newton estaba furioso ahora.

—Supongo que habrán circulado. Y supongo también que usted

sabe que mi inteligencia es dos veces superior a la suya. ¿Tanto le cuesta admitir que sé perfectamente cómo me afectan los anestésicos locales?

—Hemos estudiado exhaustivamente los detalles de su sistema nervioso. No parece existir ningún motivo por el que la Nembucaína no ejerza sus efectos sobre usted.

—Es posible que no sepa usted tanto como cree acerca de los sistemas nerviosos.

—Es posible. —El doctor había terminado con el formulario y dejó su lápiz encima de él como pisapapeles. Un pisapapeles innecesario, puesto que no había ninguna ventana ni ninguna brisa—. Es posible. Pero repito que no es mi especialidad.

Newton miró a la enfermera, que tenía la aguja preparada. Ella parecía que se esforzaba por permanecer aparentemente al margen de la conversación de los dos hombres. Newton se preguntó brevemente cómo se las arreglaban para conseguir que aquellas personas guardaran silencio acerca del extraño prisionero, para mantenerlas alejadas de los periodistas... o, para el caso, apartadas de las partidas de bridge con los amigos. Tal vez el gobierno mantenía aisladas a todas las personas que tenían contacto con él en su aislamiento. Pero eso resultaría difícil y complicado. Sin embargo, era evidente que se tomaban grandes molestias por su causa. Encontró casi divertido que tuviera que ser motivo de alguna absurda especulación entre las pocas personas que conocían sus peculiaridades.

—¿Cuál es su especialidad, doctor? —dijo.

El doctor se encogió de hombros.

—Huesos y músculos, principalmente.

—Eso suena fenomenal.

El doctor tomó la aguja de manos de la enfermera, y Newton, resignado, empezó a enrollar la manga de su camisa.

—Sería preferible que se quitara la camisa —dijo el doctor—. Esta vez vamos a trabajar en su espalda.

Newton no protestó y empezó a desabotonarse la camisa. Cuando se la había quitado a medias, oyó una ahogada exclamación de sorpresa de la enfermera. Alzó la mirada hacia ella. Era evidente que no la habían informado demasiado, ya que hacía lo posible por no mirarle el pecho, desprovisto de pelo y de pezones. Desde luego, habían descubierto su disfraz enseguida, y no lo llevaba ya. Se preguntó cuál sería la reacción de la enfermera cuando se acercara a él lo suficiente para observar las pupilas de sus ojos.

Cuando se hubo despojado de la camisa, la enfermera le inyectó a ambos lados de la espina dorsal. Trató de ser cuidadosa, pero el dolor fue considerable. Cuando aquello hubo terminado, Newton dijo:

—¿Qué va a hacer ahora?

El doctor anotó la hora de la inyección en su formulario. Luego dijo:

—En primer lugar, voy a esperar veinte minutos mientras la Nembucaína... hace efecto. Luego voy a extraer muestras de la médula de su espina dorsal.

Newton le miró unos instantes en silencio. Finalmente dijo:

—¿No se ha enterado aún? No hay ninguna médula en mis huesos. Son huecos.

El doctor parpadeó.

—Vamos —dijo—, tiene que haber médula ósea. Los glóbulos rojos de la sangre...

Newton no estaba acostumbrado a interrumpir a la gente, pero esta vez interrumpió.

—Estoy al corriente de todo lo que concierne a los glóbulos rojos y a la médula. Probablemente sé tanto de fisiología como usted. Pero no hay ninguna médula en mis huesos. Y no puedo decir que me encante la idea de someterme a alguna dolorosa prueba para que usted, o sus superiores, sean quienes sean, puedan quedar satisfechos en lo que respecta a mis... peculiaridades. Les he dicho una docena de veces que soy un mutante... un fenómeno. ¿No puede usted aceptar mi palabra?

—Lo siento —dijo el doctor. Y parecía sincero al decirlo.

Newton miró por unos instantes más allá de la cabeza del doctor, a una mala reproducción de la *Mujer de Arlés* de Van Gogh. ¿Qué tenía que ver el Gobierno de los Estados Unidos con una mujer de Arlés?

—Algún día me gustaría conocer a sus superiores —dijo—. Y mientras esperamos que su ineficaz Nembucaína haga su efecto, me gustaría probar con mi anestésico particular.

El rostro del doctor permaneció inexpresivo.

—Ginebra —dijo Newton—. Ginebra y agua. ¿Le gustaría acompañarme?

El doctor sonrió maquinalmente. Todos los buenos doctores sonríen ante los caprichos de sus pacientes: incluso los fisiólogos de probada lealtad se supone que deben sonreír.

—Lo siento —dijo—. Ahora estoy de servicio.

Newton quedó sorprendido por su propia exasperación. Y él que había creído que simpatizaba con el doctor Martínez...

—Vamos, doctor. Estoy convencido de que es usted un profesional muy cotizado en su... en su especialidad, con un bar muy bien provisto en su despacho. Y puedo asegurarle que no le ofrecería el alcohol suficiente para que su mano temblara mientras hurgara en mi espina dorsal.

—No tengo ningún despacho —dijo el doctor—. Trabajo en un laboratorio. Y no suelo beber mientras trabajo.

Newton, por algún motivo inexplicable, le miró fijamente.

—No, supongo que no. —Miró a la enfermera, pero cuando ella, visiblemente desconcertada, abrió la boca para hablar, Newton dijo—: No, supongo que no. Las normas. —Se puso en pie y les sonrió a los dos—. Beberé solo.

Estaba bien ser más alto que ellos. Se dirigió hacia el bar y se sirvió un vaso lleno de ginebra. Decidió prescindir del agua; al fin y al cabo, mientras él había estado hablando, la enfermera había colocado una serie de instrumentos sobre un paño que había extendido sobre la mesa. Había varias agujas, un pequeño bisturí y diversos tipos de grapas, todo de acero inoxidable. Brillaban siniestramente...

Después de que el doctor y la enfermera se hubieron marchado, Newton permaneció tumbado en su cama, boca abajo, durante más de una hora. No había vuelto a ponerse la camisa, y su espalda, salvo por los vendajes, estaba desnuda. Sintió un poco de frío —una sensación a la que no estaba acostumbrado—, pero no hizo ningún movimiento para taparse. El dolor había sido muy intenso durante varios minutos, y aunque ahora había cesado, Newton estaba agotado por el dolor en sí y por el miedo que le había precedido. Siempre, desde su infancia, le había asustado la anticipación del dolor.

Se le había ocurrido que ellos podían saber el dolor que le estaban causando, que podían estar torturándole con alguna forma mal disimulada de lavado de cerebro, con la esperanza de quebrantar su resistencia mental. La idea resultaba especialmente horrible ya que, si era así, no habían hecho más que empezar. Pero era muy improbable. A pesar del pretexto de la perpetua guerra fría, y a pesar de la auténtica tiranía que se toleraba en una democracia en tales circunstancias, un atentado semejante a la dignidad —¿humana?— no tendría demasiadas probabilidades de éxito. Y era año electoral. Ya se habían iniciado campañas contra las arbitrariedades del partido en el poder. Y en algunos discursos de la oposición se había mencionado el nombre de Newton. No se atreverían a someterle a un lavado de cerebro. Estaban tropezando ya con muchas dificultades para evitar que compareciera ante un tribunal, para explicar los motivos de que siguieran reteniéndole.

Su único motivo lógico al someterle a dolorosos test debía ser alguna forma de curiosidad burocrática. Probablemente, la justificación era su deseo de demostrar de un modo concluyente que no era humano, de demostrar que era realmente lo que ellos habían sospechado que era. Lo habían sospechado, pero no podían admitirlo, porque resultaba absurdo. Si discurrían así sus pensamientos, como era más que probable, estaban totalmente equivocados desde el principio. Ya que, cualesquiera que fueran los atributos no-humanos que podían descubrir, siempre sería más plausible la teoría de que se trataba de un humano físicamente anormal, de una víctima de una mutación, de un fenómeno, que de un habitante de otro planeta. Sin embargo, ellos no parecían darse cuenta de esta dificultad. ¿Qué podían esperar encontrar en detalle que no supieran ya, en general? ¿Y qué podían demostrar? Y, finalmente, si lograban demostrar algo más allá de toda posible duda, ¿qué podían hacer a continuación?

Pero Newton no se preocupaba demasiado: no se preocupaba de lo que pudieran descubrir acerca de él ni se preocupaba demasiado por las consecuencias que los acontecimientos tendrían sobre aquel antiguo plan, concebido veinte años antes en otra parte del sistema solar. Suponía, sin pensar demasiado en ello, que todo había terminado, y esto le producía un evidente alivio. Lo que más le preocupaba eran los infernales experimentos e interrogatorios, y deseaba con todas sus fuerzas que cesaran de una vez y le dejaran en paz. El estar encarcelado no representaba ningún problema para él: en muchos sentidos tenía más en común y resultaba más satisfactorio con su modo de vida que la libertad.

7

Los agentes del FBI se mostraron atentos y amables, pero al cabo de dos días de absurdas preguntas Bryce se sentía profundamente cansado, incapaz incluso de enfurecerse ante el desdén que podía captar detrás de la afectada cortesía de los agentes. Si no le hubieran soltado al tercer día, tenía la impresión de que podría haberse desmoronado física y mentalmente. Sin embargo, no le habían coaccionado demasiado; en realidad, apenas parecían concederle importancia.

En la tercera mañana llegó el hombre, como de costumbre, a recogerle en la YMCA y conducirle cuatro manzanas más allá, a la Oficina Federal en el centro de Cincinnati. La YMCA había sido un factor importante en su cansancio. De haber atribuido al FBI la suficiente imaginación habría considerado que su estancia en la YMCA obedecía a un deliberado deseo de deprimirle con la andrajosa alegría que atestaba las salas públicas, junto con el lúgubre mobiliario y los incontables folletos cristianos que nadie leía.

Esta vez, el hombre le llevó a otra habitación de la Oficina Federal, una habitación parecida al consultorio de un dentista, donde un técnico le pinchó con agujas hipodérmicas, midió su presión sanguínea y contó los latidos de su corazón, e incluso tomó radiografías de su cráneo. Todo ello obedecía, explicó alguien, a un «rutinario procedimiento de identificación». Bryce no acertó a comprender qué relación podía existir entre los latidos de su corazón y sus datos personales, pero se abstuvo de hacer preguntas. Luego, bruscamente, terminaron con él, y el hombre que le había traído allí le dijo que, por lo que al FBI respectaba, quedaba en completa libertad. Bryce consultó su reloj. Eran las diez y media de la mañana.

Al salir de la habitación y avanzar por el pasillo hacia la entrada principal, recibió otra sorpresa: vio a Betty Jo acompañada por una enfermera dirigiéndose hacia la habitación que él acababa de abandonar. Ella le sonrió, pero no dijo nada, y la enfermera la empujó para que se diera prisa. Bryce quedó asombrado ante su propia reacción. A pesar de su cansancio, experimentó una sensación de placer al ver a Betty Jo... más intensa al ver su rostro franco y oronda figura en aquel absurdo y severo pasillo de la Oficina Federal de Investigación.

Una vez fuera del edificio, se sentó en la escalinata, bajo la fría luz del sol de diciembre, y esperó a que ella saliera. Era casi mediodía cuando llegó Betty Jo y se sentó, pesada y tímidamente, a su lado. Con el aire frío su perfume parecía cálido: intenso y dulce. Un joven de aspecto vigoroso que portaba un maletín subió con paso rápido la escalinata y fingió no verles allí sentados. Bryce se giró hacia Betty Jo y quedó sorprendido al ver que tenía los ojos hinchados, como si hubiera estado llorando. La miró con visible nerviosismo.

—¿Dónde la han retenido a usted?

—En la YWCA —Betty Jo se estremeció—. Me trae sin cuidado.

Era lógico que la hubiesen retenido allí, pero Bryce no había pensado en ello.

—Yo he estado en la otra —dijo—. En la YM. ¿Cómo la han tratado? El FBI, quiero decir.

Parecía absurdo utilizar todas aquellas siglas: YMCA, FBI.

—Correctamente, supongo. —Betty Jo agitó la cabeza y luego se humedeció los labios. A Bryce le gustó el gesto; ella tenía unos labios sensuales, sin pintar, rojos ahora a causa del aire frío—. Pero me hicieron un montón de preguntas, desde luego. Acerca de Tommy.

La alusión a Newton turbó a Bryce. No deseaba hablar del antheano en aquel momento.

Betty Jo pareció captar su turbación... o compartirla. Tras una breve pausa, dijo:

—¿Quiere usted que vayamos a almorzar?

—Esa es una buena idea.

Se puso en pie y se echó el abrigo por encima de los hombros.
Luego se inclinó y ayudó a Betty Jo a levantarse, tomando las dos
manos de ella en las suyas.

Afortunadamente encontraron un restaurante bueno y tranquilo,
y ambos almorzaron copiosamente. Todo eran alimentos naturales,
sin nada sintético, e incluso tomaron café, el de verdad, después de
comer, aunque costaba treinta y cinco centavos cada taza. Pero los
dos tenían mucho dinero.

Hablaron muy poco durante la comida, y no mencionaron a
Newton. Cuando terminaron de almorzar, Bryce dijo:

—¿Qué haremos ahora?

Betty Jo tenía mejor aspecto, y su expresión era más alegre.

—¿Por qué no vamos al zoo? —sugirió.

—¿Por qué no? —Parecía una buena idea—. Podemos tomar un
taxi.

Posiblemente porque era la época de vacaciones de Navidad, había
muy poca gente en el zoo, lo cual encantó a Bryce. Los animales
estaban todos a cubierto y la pareja paseó de una jaula a otra, conver-
sando amigablemente. A Bryce le gustaban los grandes e insolentes
felinos, especialmente las panteras, y a Betty Jo le gustaban las aves,
las de vivos colores. Bryce se sintió agradecido y complacido de que
a ella le importaran los monos tan poco como a él —a Bryce le parecían unos animalitos obscenos—, ya que le hubiera decepcionado
que Betty Jo, como tantas mujeres, los encontrara listos y divertidos.
Bryce no había visto nunca nada de divertido en los monos.

También le complació descubrir que podía comprar cerveza en un
puesto situado precisamente a la entrada del acuario. Se llevaron sus
cervezas al interior —a pesar del cartel que prohibía hacerlo— y se
sentaron en la semioscuridad delante de un gran tanque que contenía
un enorme siluro. El siluro era un animal elegante, sólido, de aspecto
plácido, con bigotes de mandarín y piel gris de paquidermo. Les contempló melancólicamente mientras bebían su cerveza.

Cuando llevaban un buen rato en silencio, contemplando al siluro,
Betty Jo dijo:

—¿Qué cree usted que le harán a Tommy?

Bryce se dio cuenta de que había estado esperando que ella hablara del tema.

—No lo sé —dijo—. No creo que le hagan ningún daño.

Betty Jo sorbió su cerveza.

—Dijeron que no era... que no era norteamericano.

—Es cierto.

—¿Sabe usted si lo es, doctor Bryce?

Bryce quiso decirle que le llamara Nathan, pero no le pareció apropiado hacerlo en aquel momento.

—Supongo que están en lo cierto —dijo, preguntándose cómo en nombre del cielo podían deportarle si habían descubierto la verdad.

—¿Cree que le retendrán mucho tiempo?

Bryce recordó aquella radiografía del esqueleto de Newton, y la minuciosidad del FBI al examinarle a él en el pequeño consultorio de dentista, y comprendió bruscamente por qué le habían examinado: querían asegurarse de que no era también un antheano.

—Sí —dijo—, creo que es probable que le retengan mucho tiempo. Todo el tiempo que puedan.

Betty Jo no contestó y Bryce la miró. Estaba sujetando su vaso de papel sobre su regazo, con las dos manos, y lo miraba fijamente como si fuera un pozo. La difusa claridad procedente del tanque del siluro no formaba ninguna sombra en su rostro, y la lisa sencillez de sus facciones y su sólida posición en el banco le conferían un aspecto de estatua maciza. Bryce la contempló en silencio durante un largo espacio de tiempo.

Luego, Betty Jo alzó la mirada hacia él y se hizo evidente el motivo de que hubiera estado llorando antes.

—Le echará usted de menos, supongo —dijo Bryce. Y terminó de beber su cerveza.

La expresión de Betty Jo no cambió. Habló con voz suave.

—Sí, le echaré de menos —dijo—. Vayamos a echar un vistazo al resto de los peces.

Los vieron todos, pero ninguno de ellos les gustó tanto como el viejo siluro.

Cuando llegó el momento de tomar un taxi para regresar a la ciudad, Bryce se dio cuenta de que no tenía ninguna dirección que dar, que no tenían ningún lugar particular adonde ir. Miró a Betty Jo, de pie a su lado, ahora a la luz del sol.

—¿Dónde va a vivir usted? —le preguntó.

—No lo sé —dijo ella—. No conozco a nadie en Cincinnati.

—Podría regresar con su familia a... ¿cómo se llama el pueblo?

—Irvine. No está muy lejos. —Betty Jo miró a Bryce tristemente—. Pero no pienso ir allí. Nunca hemos congeniado.

Bryce dijo apresuradamente, sin saber exactamente por qué lo decía:

—¿Quiere quedarse conmigo? Podríamos instalarnos en un hotel. Y luego, si usted quisiera, podríamos buscar un apartamento.

Por un instante, una expresión de infinito asombro nubló el rostro de Betty Jo, y Bryce temió haberla ofendido. Pero luego, Betty Jo se acercó un poco más a él y dijo:

—Dios mío, sí. Creo que deberíamos seguir juntos, doctor Bryce.

8

Durante el segundo mes de su confinamiento, volvió a entregarse a la bebida, sin saber exactamente por qué. No era a causa de la soledad, dado que después de haberse confesado a Bryce experimentaba pocos deseos de compañía. Y no estaba sometido a las tensiones que le habían acompañado durante años enteros, ahora que las perspectivas eran más simples y las responsabilidades casi inexistentes. Tenía un solo problema importante que podría haberle servido como un pretexto para beber: el problema de continuar o no con el plan, suponiendo que el gobierno le permitiera hacerlo. Pero ese problema no le preocupaba con frecuencia —borracho o sobrio—, dado que la posibilidad de que pudiera elegir parecía remota.

Seguía leyendo mucho, y había adquirido un nuevo interés por la literatura de vanguardia, y en especial por la poesía rígidamente formal de las pequeñas revistas: sextinas, villancejos, baladas, que a pesar de su escaso interés en lo que respectaba a las ideas y a la penetración eran a menudo fascinantes desde el punto de vista del lenguaje. Incluso había intentado componer un poema, un soneto italiano en alejandrinos, pero descubrió que no estaba dotado para aquel tipo de tarea literaria. Pensó que algún día podría intentarlo en antheano.

Leía también muchos libros de ciencias y de historia. Sus carceleros se mostraban tan liberales en el suministro de libros como en el de ginebra; siempre recibía de buena gana y puntualmente lo que le pedía al hombre encargado de servirle la comida y limpiar su apartamento. Parecían admirablemente predispuestos a atenderle. Un día, para ver qué pasaría, pidió la traducción al árabe de *Lo que el viento se llevó*, y el hombre, sin dar la menor muestra de extrañeza, se la trajo al cabo de cinco horas. Dado que no sabía leer árabe, y no le interesaban las novelas, la utilizó como sujetalibros en una de sus estanterías; era monumentalmente pesada.

Su única objeción seria al confinamiento era que a veces echaba de menos pasear al aire libre, y en ocasiones le hubiera gustado ver a Betty Jo, o a Nathan Bryce, las dos únicas personas del planeta que podía reconocer como amigas. Pensaba también en Anthea —tenía una esposa en Anthea, e hijos—, pero el recuerdo era vago. Cada vez se acordaba menos de su hogar.

Transcurridos dos meses pareció que habían terminado con sus test físicos, que le dejaron con unos cuantos recuerdos desagradables y un leve y recurrente dolor de espalda. Por entonces, sus interrogatorios se habían hecho aburridamente repetitivos, como si hubieran agotado su cupo de preguntas. Y, sin embargo, nadie le había formulado la más obvia de las preguntas: nadie le había preguntado si era de otro planeta. Por entonces él estaba convencido de que lo sospechaban, pero nunca se lo preguntaron directamente. ¿Temían que se riera de ellos, o era algo que formaba parte de una elaborada técnica psicológica? A veces casi decidía contarles toda la verdad, la cual probablemente no creerían. O podía fingir ser de Marte o de Venus, e insistir en ello hasta que quedaran convencidos de que estaba chiflado. Pero no era posible que fueran tan estúpidos.

Y luego, una tarde, cambiaron bruscamente de táctica. Llegó como una considerable sorpresa y, finalmente, como un alivio.

La entrevista empezó del modo habitual; su interlocutor, un tal señor Bowen, le había interrogado al menos una vez a la semana desde el principio. Aunque ninguno de los diversos funcionarios se había identificado ante él, Newton había tenido siempre la impresión de que Bowen era más importante que los otros. Su secretario parecía un poco más eficiente, sus ropas un poco más caras, los círculos debajo de sus ojos un poco más oscuros. Quizá era un subsecretario, o un pez gordo de la CIA. Era también, obviamente, un hombre de considerable inteligencia.

Cuando entró saludó a Newton cordialmente, se sentó en una butaca y encendió un cigarrillo. A Newton no le gustaba el olor de los cigarrillos, pero hacía mucho tiempo que había renunciado a protestar. Además, la habitación tenía aire acondicionado. El secretario, por su parte, se sentó en el escritorio de Newton. Afortunadamente, el secretario no fumaba. Newton saludó a los dos hombres amablemente, pero no se levantó del sofá cuando entraron en la habitación. Reconocía que en todo aquello había una especie de juego del gato y el ratón; pero Newton no era reacio al juego. Bowen solía ir directamente al grano.

—Tengo que confesar, señor Newton —dijo—, que en lo que a usted respecta estamos tan desorientados como el primer día. Todavía no sabemos quién es ni de dónde procede.

Newton le miró directamente a los ojos.

—Soy Thomas Jerome Newton, de Idle Creek, Kentucky. Soy un fenómeno físico. Ustedes han visto mi partida de nacimiento en el registro Civil del Condado de Basset. Nací allí en 1903.

—Eso significaría que tiene usted setenta años. Y aparenta cuarenta.

Newton se encogió de hombros.

—Ya he dicho que soy un fenómeno. Un mutante. Posiblemente una especie nueva. No creo que eso sea ilegal.

Todo esto había sido dicho antes; pero a él no le importaba repetirlo.

—No es ilegal. Pero nosotros creemos que su partida de nacimiento está falsificada. Y eso es ilegal.

—¿Pueden probarlo?

—Probablemente no. Lo que usted hace lo hace muy bien, señor Newton. Si fue capaz de inventar las películas Worldcolor, imagino que podría falsificar fácilmente una partida de nacimiento. Como es lógico, una partida de 1903 resultaría difícil de verificar. Testigos fallecidos, etcétera. Pero lo que está claro es que no hemos podido localizar a nadie que le conociera a usted de niño. Y lo que resulta todavía más raro es que no hemos podido encontrar a nadie que le conociera a usted cinco años atrás. —Bowen apagó su cigarrillo y luego se rascó la oreja como si su mente estuviera en alguna otra parte—. ¿Le importaría contarme otra vez los motivos de esas aparentes anomalías?

Newton se preguntó ociosamente si los interrogadores asistían a escuelas especiales para aprender sus técnicas, tales como rascarse la oreja, o si las copiaban de las películas.

Dio la misma respuesta que había dado siempre:

—Los motivos hay que buscarlos en el hecho de que yo era un fenómeno, señor Bowen. Mi madre no dejaba que me viera nadie. Como ya habrá observado, no soy el tipo que se desespera estando encerrado. Y en aquella época no resultaba demasiado difícil confinar a un niño. Especialmente en aquella parte de Kentucky.

—¿Nunca fue a la escuela?

—Nunca.

—Sin embargo, es usted una de las personas mejor educadas que he conocido. —Y luego, antes de que Newton pudiera contestar—: Sí, lo sé, es usted también un fenómeno mental.

Bowen ahogó un bostezo. Parecía insoportablemente aburrido.

—Es cierto.

—Y se ocultó usted en alguna desconocida torre de marfil de Kentucky hasta que cumplió los sesenta y ocho años, y nadie le vio ni oyó hablar de usted —dijo Bowen, sonriendo irónicamente.

Aquello era absurdo, desde luego, pero Newton no podía remediarlo. Obviamente, solo un tonto lo creería, pero él tenía que disponer de algún tipo de historia. Podía haberse tomado más molestias en crear algunos documentos y sobornar a algunos funcionarios para elaborarse un pasado más convincente; pero esa idea había sido desechada mucho antes de que él saliera de Anthea, después de sopesar cuidadosamente sus ventajas y sus inconvenientes. Incluso el conseguir un experto para que falsificara la partida de nacimiento había sido un asunto difícil y peligroso.

—Es cierto —sonrió—. Nadie oyó hablar de mí, salvo unos cuantos parientes fallecidos hace mucho tiempo, hasta que cumplí los sesenta y ocho años.

Bruscamente, Bowen dijo algo que era nuevo.

—Y entonces decidió usted empezar a vender anillos, de pueblo
en pueblo. —Su tono se había hecho más duro—. Fabricó usted, con
materiales locales, supongo, alrededor de un centenar de anillos de
oro, exactamente iguales. Y decidió súbitamente, a la edad de sesenta
y ocho años, empezar a venderlos.

Aquello llegó como una sorpresa; nunca habían mencionado los
anillos, aunque Newton suponía que estaban enterados de su existencia. Sonrió al pensar en la absurda explicación que iba a tener que dar.

—Eso es cierto —dijo.

—Y supongo que encontró usted el oro excavando en el patio tra-
sero de su casa, y luego fabricó las piedras preciosas con su juego de
Química para Principiantes, y grabó el metal usted mismo con la
punta de un imperdible... Todo esto para poder vender los anillos por
menos de lo que valían las piedras preciosas, a modestos joyeros.

Newton no pudo evitar una sonrisa.

—Soy también un excéntrico, señor Bowen.

—Usted no es excéntrico hasta ese extremo —dijo Bowen—.
Nadie es excéntrico hasta ese extremo.

—Bueno, ¿cómo lo explicaría usted, entonces?

Bowen hizo una pausa para encender otro cigarrillo. A pesar de sus
alardes de irritación, su mano no temblaba en lo más mínimo. Luego
dijo:

—Creo que se trajo usted los anillos en una nave espacial. —Enarcó
ligeramente sus cejas—. ¿Qué le parece como suposición?

Newton quedó impresionado, pero logró disimularlo.

—Interesante —dijo.

—Sí, lo es. Más interesante aún si se tiene en cuenta que encontra-
mos los restos de una extraña nave a unos diez kilómetros del pueblo
donde vendió usted su primer anillo. Es posible que usted lo ignore,
señor Newton, pero aquel casco que dejó allí era todavía radioactivo
en las frecuencias adecuadas. Había cruzado los cinturones de Van
Allen.

—No sé de qué me está usted hablando —dijo Newton. Era una
débil respuesta, pero no podía decir otra cosa. El FBI había resultado ser más minucioso de lo que él había esperado. Siguió una larga

pausa. Luego Newton dijo—: Si hubiera llegado en una nave espacial, ¿cree que hubiese necesitado vender anillos para obtener dinero?

Aunque durante algún tiempo había creído que no le importaba particularmente que descubrieran o no la verdad acerca de él, Newton quedó sorprendido al descubrir que se sentía intranquilo ante aquellas nuevas preguntas, formuladas de un modo tan directo.

—¿Qué haría usted —dijo Bowen— si llegara de Venus, por ejemplo, y necesitara dinero?

Fue una de las pocas ocasiones en toda su vida en la que a Newton le resultó difícil hablar con voz firme.

—Si los venusianos fueran capaces de construir naves espaciales, supongo que podrían falsificar dinero.

—¿Y dónde encontraría usted, en Venus, un billete de diez dólares para copiarlo?

Newton no contestó, y Bowen se llevó una mano al bolsillo de su chaqueta, sacó un pequeño objeto y lo depositó sobre la mesa a su lado. El secretario alzó la mirada momentáneamente, esperando que alguien dijera algo a fin de poder anotarlo. Newton parpadeó. Lo que había sobre la mesa era un tubo de aspirinas.

—La falsificación de dinero nos lleva a otra cosa, señor Newton.

Newton sabía ahora lo que Bowen iba a decir, y se sintió indefenso.

—¿Dónde consiguieron eso? —dijo.

—Uno de nuestros hombres lo encontró mientras registraba la habitación de su hotel en Louisville. Eso fue hace dos años... inmediatamente después de que usted se rompiera la pierna en el ascensor.

—¿Desde cuándo han estado registrando mis habitaciones?

—Desde hace mucho tiempo, señor Newton.

—Entonces, han tenido ustedes motivos para detenerme mucho antes. ¿Por qué no lo hicieron?

—Bueno —dijo Bowen—, como es lógico, queríamos descubrir primero lo que usted se proponía hacer. Con esa nave que está construyendo en Kentucky. Y, como ya se habrá dando cuenta, el asunto es muy complicado. Se ha convertido usted en un hombre muy rico, señor Newton, y nosotros no podemos ir por ahí deteniendo a hombres muy ricos impunemente... sobre todo si pertenecemos a un gobierno que se considera cuerdo y nuestra única acusación contra el hombre rico es que procede de algún lugar como Venus. —Se inclinó hacia adelante, y su voz se hizo más suave—. ¿*Es* Venus, señor Newton?

Newton devolvió la sonrisa. De hecho, la nueva información no había cambiado mucho las cosas.

—Nunca he dicho que fuera un lugar distinto a Idle Creek, Kentucky.

Bowen contempló pensativamente el tubo de aspirina. Lo tomó, lo sopesó en la palma de su mano. Luego dijo:

—Como estoy seguro de que usted ya sabrá, este tubo está hecho de platino, lo cual debe admitir que resulta sorprendente. También resulta sorprendente que, teniendo en cuenta la... la calidad del material y de la artesanía, sea una imitación muy defectuosa de un tubo de Aspirina Bayer. Por ejemplo, tiene cinco milímetros más de diámetro, y los colores son más desvaídos. No es un tubo como los que fabrica la Bayer. —Alzó la mirada hacia Newton—. No digo que sea mejor ni peor: es distinto. —Sonrió de nuevo—. Pero lo más asombroso de todo, probablemente, es que no hay ninguna letra impresa en el tubo, señor Newton: solo unas vagas líneas que parecen letra impresa.

Newton se sentía incómodo y furioso consigo mismo por no haberse acordado de destruir el tubo.

—¿Y a qué conclusiones han llegado ustedes? —dijo, sabiendo muy bien lo que habían deducido.

—Hemos llegado a la conclusión de que alguien falsificó el tubo lo mejor que supo, copiándolo de un anuncio de la televisión. —Bowen rio brevemente—. De la televisión, en una zona muy periférica.

—Idle Creek —dijo Newton— es una zona muy periférica.

—Lo mismo que Venus. Y en la farmacia de Idle Creek venden tubos de Aspirina Bayer, llenos de aspirinas, por diecinueve centavos. En Idle Creek no hay necesidad de falsificar un tubo.

—¿Ni siquiera tratándose de un individuo excéntrico, con obsesiones muy raras?

Bowen se encogió de hombros. Al parecer, se estaba divirtiendo mucho.

—No es probable —dijo—. En realidad, podría terminar ahora mismo con todos estos escarceos. —Miró fijamente a Newton—. Una de las cosas fascinantes en este asunto es el hecho de que una... una persona tan inteligente como usted pudiera cometer tantos errores. ¿Por qué supone que decidimos detenerle cuando estaba en Chicago? Ha tenido dos meses para pensarlo.

—No lo sé —dijo Newton.

—A eso me refería. Al parecer, ustedes... los antheanos, ¿no es cierto?, no están acostumbrados a pensar como nosotros. Creo que cualquier humano corriente, lector de revistas policíacas, se habría dado cuenta de que lo más probable era que tuviéramos un micrófono en su habitación en Chicago, cuando usted se estaba confesando con el doctor Bryce.

Newton permaneció en silencio largo rato, aturdido. Luego, finalmente, dijo:

—No, señor Bowen, al parecer los antheanos no piensan como ustedes. Pero nosotros no encerraríamos a una persona dos meses a fin de poder formularle preguntas, conociendo ya las respuestas.

De nuevo, Bowen se encogió de hombros.

—Los gobiernos modernos actúan movidos por razones que nadie puede entender. Sin embargo, no fue idea mía el detenerle a usted; fue idea del FBI. Alguien en las altas esferas se asustó. Temían que destruyera usted el mundo con ese transbordador suyo. De hecho, esa ha sido su teoría acerca de usted desde el primer momento. Sus agentes redactaban informes acerca del proyecto, y los directores adjuntos trataban de decidir cuándo atacaría usted Washington o Nueva York. —Agitó la cabeza con burlona tristeza—. Desde la época de Edgar Hoover no había existido un equipo tan apocalíptico.

Newton se puso en pie bruscamente y fue a servirse un trago. Bowen le pidió que sirviera tres. Luego se levantó a su vez y, con las manos en los bolsillos, contempló fijamente sus zapatos mientras Newton llenaba los vasos.

Mientras los entregaba a Bowen y al secretario —el secretario evitó sus ojos al tomar el suyo—, a Newton se le ocurrió algo.

—Pero, después de haber oído la grabación, porque supongo que grabarían ustedes nuestra conversación, el FBI habrá cambiado de opinión en lo que respecta a mis propósitos.

Bowen sorbió su ginebra.

—En realidad, señor Newton, no hemos informado al FBI sobre aquella grabación. Nos limitamos a ordenarles que efectuaran la detención por nosotros. La cinta no ha salido nunca de mi despacho.

Aquello fue otra sorpresa. Pero las sorpresas se habían producido con tanta rapidez que Newton se estaba acostumbrando a ellas.

—¿Cómo puede usted evitar que le reclamen la cinta?

—Bueno —dijo Bowen—, no hay inconveniente en que usted sepa que tengo la suerte de ser el director de la CIA. En cierto sentido, estoy por encima del FBI.

—Entonces, usted debe ser... ¿cuál es el nombre?... Van Brugh. He oído hablar de usted.

—Los de la CIA somos muy escurridizos —dijo Bowen... o Van Brugh—. De todos modos, una vez en nuestro poder aquella grabación, supimos lo que queríamos saber acerca de usted. Y por el hecho mismo de su confesión, decidimos que si el FBI le detenía a usted por su cuenta, cosa que ya estuvieron a punto de hacer, tal como le he dicho, usted podría contarles toda la historia. Nosotros no queríamos que ocurriese eso, porque no confiamos en el FBI. Vivimos tiempos peligrosos, señor Newton; ellos podrían haber resuelto el problema matándole a usted.

—¿Y ustedes no piensan matarme?

—La idea se nos pasó por la cabeza, desde luego. Pero yo no he sido nunca partidario de ella, principalmente porque, por muy peligroso que usted pueda ser, eliminarle podría equivaler a matar a la gallina de los huevos de oro.

Newton apuró el contenido de su vaso y volvió a llenarlo.

—¿Qué quiere usted decir con eso? —inquirió.

—Ahora mismo tenemos en nuestro Departamento de Defensa numerosos proyectos armamentísticos basados en datos que sustrajimos de su archivo privado hace más de tres años. Los actuales son, como ya he dicho, tiempos peligrosos; podríamos utilizarle a usted de muchas maneras. Imagino que los antheanos son verdaderos expertos en lo que a armas se refiere.

Newton hizo una breve pausa, contemplando su vaso. Luego dijo, tranquilamente:

—Si me oyó hablar con Bryce, ya sabe lo que los antheanos nos hicimos a nosotros mismos con nuestras armas. No tengo la menor intención de intentar convertir a los Estados Unidos en una nación omnipotente. De hecho, no podría hacerlo aunque lo deseara. No soy un científico. Fui elegido para este viaje por mi resistencia física, no por mis conocimientos. Sé muy poco acerca de armas... menos que usted, sospecho.

—Tiene que haber visto u oído hablar de armas en Anthea.

Newton estaba recobrando su compostura ahora, posiblemente a causa de la bebida. Ya no estaba a la defensiva.

—Usted ha visto automóviles, señor Van Brugh. ¿Podría usted explicarle, improvisadamente, a un salvaje africano cómo construir uno con materiales a su disposición únicamente?

—No. Pero podría explicarle la combustión interna a un salvaje, suponiendo que pudiera encontrar un salvaje en el África moderna. Y, si fuera un salvaje listo, podría hacer algo con eso.

—Probablemente matarse a sí mismo —dijo Newton—. En cualquier caso, no pienso decirles nada en ese terreno, por valioso que pudiera ser para ustedes... —Apuró el contenido de su vaso—. Supongo que podrían torturarme.

—Temo que sería una pérdida de tiempo —dijo Van Brugh—. El motivo de que hayamos pasado dos meses formulándole preguntas absurdas ha sido el de llevar a cabo una especie de psicoanálisis. Teníamos cámaras aquí, grabando el ritmo de los parpadeos de sus ojos y cosas por el estilo. Hemos llegado a la conclusión de que la tortura no daría resultado en usted. Enloquecería usted con demasiada facilidad bajo el dolor; y conocemos suficientemente su psicología… culpabilidad y ansiedades y cosas por el estilo como para someterle a algún tipo de lavado de cerebro. Le hemos suministrado a usted drogas: hipnóticos, narcóticos… y no han dado resultado.

—Entonces, ¿qué van a hacer conmigo? ¿Fusilarme?

—No. Temo que ni siquiera podemos hacer eso. No sin permiso del Presidente, y él no lo dará. —Van Brugh sonrió tristemente—. ¿Se da cuenta, señor Newton? Después de todos los factores cósmicos a considerar, al final resulta ser una cuestión de política práctica, humana.

—¿Política?

—Da la casualidad de que estamos en 1988. Y 1988 es un año de elecciones. El Presidente ha iniciado ya su campaña para un segundo mandato, y sabe de buena tinta (¿sabe usted que el Watergate no cambió nada —nada—, y que el Presidente utiliza a la CIA para espiar al otro partido?) que los Republicanos van a convertir este asunto en otro caso Dreyfus si no presentamos acusaciones concretas contra usted, o, de no ser así, le dejamos en libertad ofreciéndole toda clase de disculpas.

Bruscamente, Newton se echó a reír.

—¿Y si ustedes me fusilan, el Presidente puede perder las elecciones?

—Los Republicanos han puesto ya en marcha a sus colegas de la industria. Y esos caballeros, como usted probablemente sabe, tienen mucha influencia. Ellos también protegen a los suyos.

Newton estaba empezando a reír con más fuerza. Era la primera vez en su vida que se reía a carcajadas. Finalmente, dijo:

—Entonces, ¿tienen que soltarme?

Van Brugh sonrió amargamente.

—Mañana. Vamos a soltarle mañana.

9

Durante más de un año le había resultado cada vez más difícil saber cómo sentía acerca de muchas cosas. Esto no era una dificultad característica de su pueblo, sino algo que él había adquirido. Durante aquellos quince años que había pasado aprendiendo a hablar inglés, aprendiendo a abrochar botones, a atar un cordón de zapato, aprendiendo los nombres de marcas de automóviles y otros incontables detalles y menudencias que en su mayor parte habían resultado innecesarios, durante todo aquel tiempo nunca había dudado de sí mismo ni había dudado del plan para cuya realización había sido elegido. Y ahora, después de cinco años de vivir realmente con seres humanos, era incapaz de saber qué sensación le producía un hecho tan claro como el ser puesto en libertad. En cuanto al plan en sí, no sabía qué pensar, y en consecuencia apenas pensaba en él. Se había convertido en muy humano.

Por la mañana le devolvieron sus disfraces. Parecía raro ponérselos una vez más, antes de regresar al mundo, y parecía también absurdo, ya que ¿de quién iba a ocultarse ahora? Pero se alegró de recuperar las lentes de contacto, las lentes que daban a sus ojos un aspecto más humano. Sus filtros luminosos aliviaban a sus ojos de la tensión provocada por el exceso de claridad de la que no habían podido protegerle del todo las gafas oscuras que había estado llevando continuamente. Y cuando se las colocó y se miró al espejo, experimentó una sensación de alivio al comprobar que había recobrado su apariencia humana.

Un hombre al que no había visto nunca vino a buscarle y le acompañó a través de un vestíbulo iluminado por paneles fabricados con licencias W. E. Corp y vigilado por soldados armados. Entraron en un ascensor.

Las luces del ascensor eran opresivamente brillantes. Newton se puso sus gafas oscuras.

—¿Qué han contado ustedes a los periodistas acerca de todo esto? —preguntó, aunque en realidad no le importaba.

El hombre, aunque silencioso hasta entonces, resultó ser muy amable. Era un hombre bajito, robusto y picado de viruelas.

—Eso no corresponde a mi departamento —dijo en tono afable—, pero creo que han dicho que le retenían a usted por motivos de seguridad. Su trabajo era vital para la defensa nacional. Cosas por el estilo.

—¿Estarán esperando los reporteros cuando salgamos?

—No lo creo. —El ascensor se paró. La puerta se abrió a otro vestíbulo vigilado—. Vamos a sacarle a usted por la puerta falsa, por así decirlo.

—¿Enseguida?

—Dentro de un par de horas. Antes tenemos que hacer algunas cosas. Pura rutina, desde luego. —Siguieron avanzando por el vestíbulo, que era muy largo y, como el resto del edificio, demasiado iluminado—. Dígame —inquirió el hombre—, ¿por qué le retenían a usted?

—¿Acaso no lo sabe?

—Aquí no se comentan esas cosas.

—¿No les informa a ustedes el señor Van Brugh de cosas como esa? El hombre sonrió.

—Van Brugh no le cuenta nada a nadie, excepto quizá al Presidente, y solo le cuenta lo que le parece que le gustará oír.

Al final del vestíbulo había una puerta que les condujo a lo que parecía ser un enorme consultorio de un dentista. Estaba asombrosamente limpio, con azulejos de color amarillo pálido. Había una silla como la que usan los dentistas, flanqueada por varias máquinas de aspecto desagradablemente nuevo. Dos mujeres y un hombre les estaban esperando, sonriendo cortésmente, vestidos con blusas de color amarillo pálido que hacían juego con los azulejos. Newton había esperado ver a Van Brugh —no sabía exactamente por qué—, pero Van Brugh no se encontraba en la habitación. El hombre que le había acompañado hasta allí le condujo a la silla. Sonrió.

—Sé que parece espantoso, pero no le causarán ningún daño. Algunos test rutinarios, a efectos de identificación, principalmente.

—¡Dios mío! —exclamó Newton—. ¿No me han sometido ya a suficientes pruebas?

—Nosotros, no, señor Newton. Lamento si repetimos algo de lo que la CIA ha estado haciendo. Pero nosotros somos el FBI, y necesitamos estos datos para nuestros ficheros. Ya sabe, tipo sanguíneo, huellas dactilares, EEG, etcétera.

—Muy bien. —Newton se sentó resignadamente en la silla. Van Brugh había dicho que los gobiernos actuaban movidos por razones que nadie podía entender. Después de todo, no tardarían demasiado.

Empezaron pinchándole y examinándole con agujas, equipo fotográfico y diversos aparatos metálicos. Colocaron bornes en su cabeza para medir sus ondas cerebrales, bornes en sus muñecas para medir sus pulsaciones. Newton sabía que algunos de los resultados que obtenían debían ser sorprendentes para ellos, pero no demostraron la menor sorpresa. Todo era, como había dicho el hombre del FBI, cuestión de rutina.

Y luego, una hora más tarde, empujaron una máquina sobre ruedas y la situaron delante y muy cerca de él, y le pidieron que se quitara las gafas. La máquina tenía dos lentes, separadas como dos ojos, que parecían mirarle burlonamente. Había una pieza de goma negra, semejante a un lavaojos, alrededor de cada lente.

Repentinamente, Newton se asustó. ¿Desconocían las peculiaridades de sus ojos?

—¿Qué van a hacer con eso?

El técnico vestido de amarillo sacó una pequeña regla graduada del bolsillo de su blusa y la apoyó sobre el puente de la nariz de Newton, midiendo. Habló con voz inexpresiva.

—Solo vamos a hacerle unas fotografías —dijo—. No le dolerá.

Una de las mujeres, sonriendo profesionalmente, alargó una mano hacia sus gafas oscuras.

—Disculpe, señor, pero tenemos que quitarle las gafas.

Newton apartó violentamente la cabeza, levantando una mano para proteger su rostro.

—Un momento. ¿Qué tipo de fotografías?

El hombre de la máquina vaciló un momento. Luego miró al agente del FBI que estaba sentado cerca de la pared. El agente hizo un gesto de asentimiento. El hombre de la blusa amarilla dijo:

—En realidad, se trata de dos tipos de fotografías al mismo tiempo. Una de ellas es una fotografía rutinaria de sus retinas, para obtener la pauta de sus vasos sanguíneos. Es el mejor sistema de identificación que se conoce. La otra es con rayos X. Necesitamos una radiografía de los bordes en el interior de su occipucio: la parte posterior de su cráneo.

Newton trató de levantarse de la silla.

—¡No! —dijo—. No sabe usted lo que está haciendo.

Con más rapidez de la que Newton hubiera creído posible, el afable agente del FBI se situó detrás de él, obligándole a permanecer sentado. Newton fue incapaz de moverse. Probablemente el hombre del FBI lo ignoraba, pero una mujer podría haberle sujetado fácilmente.

—Lo siento, señor —estaba diciendo el hombre detrás de él—, pero tenemos que tomar esas fotografías.

Newton trató de calmarse.

—¿No les han informado acerca de mí? ¿No les han hablado de mis ojos? Ellos estaban enterados de lo de mis ojos, desde luego.

—¿Qué pasa con sus ojos? —dijo el hombre de la blusa amarilla, en tono impaciente.

—Son sensibles a los rayos X. Este aparato...

—No hay ojos que puedan ver los rayos X. —El hombre frunció los labios, visiblemente irritado—. Nadie ve a esas frecuencias.

Hizo un gesto a la mujer, y esta, con una forzada sonrisa, le quitó las gafas a Newton. La luz de la habitación le hizo parpadear.

—Yo sí —dijo, bizqueando—. Yo veo de un modo completamente distinto a ustedes. —Luego—: Permítanme mostrarles cómo están hechos mis ojos. Si me sueltan, me quitaré mis... mis lentes de contacto.

El hombre del FBI no le soltó.

—¿Lentes de contacto? —dijo el técnico. Se acercó más a Newton, inclinándose y examinó sus ojos durante largo rato. Luego se incorporó—. Usted no lleva lentes de contacto.

Newton experimentó una sensación que no había experimentado desde hacía mucho tiempo: pánico. La luminosidad de la habitación se había hecho opresiva; parecía latir a su alrededor con la regularidad de sus pulsaciones. Habló con dificultad, como si estuviera borracho.

—Son un... un nuevo tipo de lentes. Una membrana, no son de plástico. Si me sueltan un momento se las mostraré.

El técnico seguía con los labios fruncidos.

—No existe tal cosa —dijo—. He experimentado durante veinte años con lentes de contacto y...

Detrás de él, el agente del FBI dijo algo que sonó a gloria.

—Deje que lo intente, Arthur —dijo soltando bruscamente sus brazos—. Después de todo, es un contribuyente.

Newton suspiró. Luego dijo:

—Necesito un espejo. —Empezó a hurgar en sus bolsillos y, súbitamente, le invadió de nuevo el pánico. No llevaba encima las pequeñas pinzas especiales, las diseñadas para quitar las membranas—. Lo siento —dijo sin dirigirse a nadie en particular—. Lo siento, pero necesito un instrumento. Lo tengo en mi habitación...

El hombre del FBI sonrió pacientemente.

—Vamos, vamos —dijo—. No podemos perder todo el día. Y yo no podría volver a aquella habitación aunque quisiera hacerlo.

—De acuerdo —dijo Newton—. En tal caso, ¿tienen ustedes unas pinzas pequeñas? Tal vez pueda arreglármelas con ellas.

El técnico hizo una mueca.

—Un momento —dijo, y se acercó murmurando entre dientes a un cajón. En un momento reunió un formidable juego de brillantes instrumentos: pinzas, pincitas, y herramientas semejantes a pinzas de función desconocida. Las depositó sobre la mesa al lado de la silla de dentista. Una de las mujeres había entregado ya a Newton un espejo circular. Newton cogió unas pinzas pequeñas de la mesa. No se parecían mucho a las que él utilizaba, pero podrían dar resultado. Las apretó a modo de prueba unas cuantas veces. Quizá eran demasiado grandes, pero no disponía de otra cosa.

Entonces descubrió que no podía sujetar bien el espejo. Le pidió a la mujer que se lo había entregado que lo sostuviera. Ella se acercó más y tomó el espejo, sosteniéndolo demasiado cerca del rostro de Newton. Este le dijo que retrocediera un poco, y luego que reajustara su ángulo a fin de permitirle una buena visión. El hombre de la blusa amarilla estaba empezando a golpear el suelo con el pie. Los golpes parecían coincidir con la pulsación de las luces de la habitación.

Cuando Newton levantó su mano, empuñando las pinzas, hacia sus ojos, los dedos empezaron a temblar de un modo incontrolable. Echó la mano hacia atrás rápidamente. Lo intentó de nuevo, pero no logró acercar las pinzas a sus ojos.

—Lo siento —dijo—. Esperen un momento, por favor... —Su mano retrocedió involuntariamente de su ojo, por miedo al instrumento y a los temblorosos e incontrolados dedos. Las pinzas cayeron de su mano, en su regazo. Palpó en busca de ellas, y luego, suspirando, miró al hombre del FBI, cuyo rostro era inexpresivo. Se aclaró la garganta, bizqueando aún. ¿Por qué tenían que brillar tanto las luces?— ¿Cree que podría beber algo? ¿Ginebra?

Bruscamente, el hombre se echó a reír. Pero esta vez la risa no parecía afable. Sonó incisiva, fría, brutal. Y resonó en la habitación de azulejos amarillos.

—Vamos —dijo el hombre, sonriendo indulgentemente—. Vamos.

Desesperadamente ahora, Newton agarró las pinzas. Si lograba desprender aunque solo fuera parcialmente una de las membranas, aunque se lastimara el ojo, podrían darse cuenta. *¿Por qué no venía Van Brugh a decírselo?* Sería preferible para él destrozar uno de sus ojos a someterlos los dos a aquella máquina, a aquellas lentes que deseaban escudriñar su cabeza para contar, por algún estúpido motivo, los bordes de la parte posterior de su cráneo desde el interior, contándolos a través de sus ojos, de sus sensibles ojos.

Bruscamente, las manos del hombre del FBI agarraron de nuevo sus muñecas, y sus brazos —aquellos brazos dotados de tan poca fuerza cuando se enfrentaban con la fuerza de un ser humano— fueron sujetados detrás de su espalda. Y luego alguien colocó una abrazadera alrededor de su cabeza, apretándola en las sienes.

—¡No! —susurró Newton, temblando—. ¡No!

No podía mover la cabeza.

—Lo siento —dijo el técnico—. Lo siento, pero tenemos que mantener su cabeza inmóvil para hacer esto.

En su tono no se reflejaba que lo sintiera. Empujó la máquina directamente hacia el rostro de Newton. Luego hizo girar una manecilla que situó las lentes y las piezas de goma delante de los ojos de Newton, como unos prismáticos.

Y Newton, por segunda vez en dos días, hizo algo nuevo para él, y muy humano. Gritó. Gritó, sin palabras al principio, y luego se vio diciendo:

—¿No saben que no soy humano? *¡No soy un ser humano!* —Las piezas de goma bloqueaban toda la luz. No podía ver nada, a nadie—. *¡No soy un ser humano!*

—Adelante —dijo el hombre del FBI, detrás de él.

Y entonces brotó un fogonazo de luz plateada que para Newton fue más brillante que el sol de mediodía en pleno verano para un hombre que acaba de salir de una habitación oscura y se ha obligado a sí mismo a mirar fijamente el sol, con los ojos abiertos, hasta perder toda visión. Luego Newton notó que la presión abandonaba su rostro, y supo que habían hecho retroceder la máquina.

Solo después de que Newton se cayera dos veces examinaron sus ojos y descubrieron que estaba ciego.

10

Newton permaneció incomunicado durante seis semanas en una clínica del gobierno, donde los médicos del gobierno no pudieron hacer nada por él. Las células sensibles a la luz de sus retinas habían quedado cauterizadas casi por completo; no eran más capaces de distinciones visuales que una placa fotográfica expuesta más tiempo del necesario. Pudo, al cabo de unas semanas, distinguir débilmente la luz y la oscuridad, y pudo decir, cuando un objeto grande y oscuro era situado delante de él, que se trataba de un objeto grande y oscuro. Pero eso era todo: ningún color era aparente, ninguna forma.

Durante este período empezó a pensar de nuevo en Anthea. Al principio, su mente se descubrió a sí misma recordando memorias antiguas y dispersas, principalmente de su infancia. Recordaba cierto juego parecido al ajedrez que le había gustado mucho de niño —se jugaba con dados transparentes sobre un tablero circular—, y se descubrió a sí mismo recordando las complicadas reglas por las que los dados verdes adelantaban a los grises cuando sus configuraciones formaban polígonos. Recordaba los instrumentos musicales que había estudiado, los libros que había leído, especialmente los libros de historia, y el final automático de su infancia a la edad de treinta y dos años antheanos —o cuarenta y cinco, de acuerdo con la manera de contar el tiempo de los humanos—, cuando se casó. No había elegido a su esposa personalmente, aunque a veces se hacía, sino que había dejado que su familia cuidara de la elección. El matrimonio había resultado eficaz y bastante agradable. No existía pasión, pero los antheanos no eran una raza apasionada. Ciego ahora, en una clínica de los Estados Unidos, se encontró pensando en su esposa más cariñosamente que nunca. La echaba de menos, y deseaba que estuviera con él. A veces lloraba.

Al no poder ver la televisión, en ocasiones escuchaba la radio. Se enteró de que el gobierno no había podido mantener en secreto su ceguera. Los Republicanos le estaban utilizando recurrentemente en sus campañas. Lo que le había ocurrido era pregonado como ejemplo de la arbitrariedad y la irresponsabilidad de la Administración Central.

Después de la primera semana, Newton dejó de sentir rencor hacia ellos. ¿Cómo podía enfurecerse con unos niños? Van Brugh le ofreció sinceras disculpas; todo había sido un error; él ignoraba que el FBI no había sido informado de las peculiaridades de Newton. Y Newton se dio cuenta de que a Van Brugh no le importaba realmente lo ocurrido, de que lo único que le preocupaba era lo que él, Newton, podría decir, llegado el caso, a la prensa; los nombres que citaría. Newton le aseguró, con aire aburrido, que no diría nada excepto que todo había sido un desafortunado accidente. No había sido culpa de nadie: tan solo un accidente.

Más tarde, Van Brugh le dijo que había destruido la grabación. Había sabido desde el primer momento, dijo, que nadie creería en ella. Creerían que era un fraude, o que Newton estaba loco, o cualquier otra cosa excepto que era verdad.

Newton le preguntó si él creía que era verdad.

—Desde luego que lo creo —dijo Van Brugh en voz baja—. Al menos seis personas están enteradas del asunto, y lo creen. El Presidente es una de ellas, y también el Secretario de Estado. Pero estamos destruyendo los antecedentes del caso.

—¿Por qué?

—Bueno —Van Brugh rio fríamente—, entre otras cosas no queremos pasar a la historia como el mayor grupo de chiflados que gobernó nunca este país.

Newton soltó el libro con el cual había estado practicando el sistema Braille.

—Entonces, ¿puedo reanudar mi trabajo? ¿En Kentucky?

—Posiblemente. No lo sé. Nosotros le vigilaremos a usted cada minuto durante el resto de su vida. Pero si los Republicanos ganan las elecciones, yo seré reemplazado. No lo sé.

Newton volvió a tomar el libro. Por un momento había estado interesado, por primera vez en varias semanas, en lo que ocurría a su alrededor. Pero el interés había desaparecido tan rápidamente como se presentó; sin dejar ningún rastro. Rio amablemente.

—Eso es muy interesante —dijo.

Cuando abandonó la clínica, acompañado por una enfermera, había una multitud esperando en el exterior del edificio. A la brillante luz del sol Newton pudo ver sus siluetas y pudo oír sus voces. Alguien, probablemente la policía, mantenía abierto un pasillo para él, y la enfermera le ayudó a cruzarlo hasta su automóvil. Oyó débiles aplausos. Tropezó dos veces, pero no cayó. La enfermera le condujo expertamente; se quedaría con él durante meses o años, mientras la necesitara. Se llamaba Shirley, y Newton sabía que era gorda. Súbitamente, alguien tomó su mano y la oprimió suavemente. Una persona de gran tamaño estaba delante de él.

—Me alegro mucho de su regreso, señor Newton —era la voz de Farnsworth.

—Gracias, Oliver. —Newton se sentía muy cansado—. Tenemos que hablar de algunos asuntos.

—Sí. Está aquí la televisión, señor Newton. Están filmando.

—Oh. No lo sabía. —Miró a su alrededor, tratando inútilmente de descubrir la forma de una cámara—. ¿Dónde está la cámara?

—A su derecha —dijo Farnsworth, bajando la voz.

—Gíreme hacia ella, por favor. ¿Alguien desea hacerme alguna pregunta?

Una voz, evidentemente la de un periodista de la televisión, habló junto a él.

—Señor Newton, soy Duane Whitely, de la CBS. ¿Puede usted decirme cómo se siente después de haber recobrado la libertad?

—No —dijo Newton—. Todavía no.

El periodista no se dio por vencido.

—¿Cuáles son sus planes para el futuro? —inquirió—. ¿Después de la experiencia por la que acaba de pasar?

Newton había podido captar finalmente la cámara, y se encaró con ella, casi totalmente inconsciente de su auditorio humano, aquí en Washington y delante de los aparatos en todo el país. Estaba pensando en otro auditorio. Sonrió débilmente. ¿A los científicos antheanos? ¿A su esposa?

—Como usted sabe —dijo—, yo estaba trabajando en un proyecto de exploración espacial. Mi compañía estaba comprometida en una gran empresa, la de enviar una nave al sistema solar, para medir las radiaciones que hasta ahora han hecho imposibles los viajes interplanetarios. —Hizo una pausa para respirar, y se dio cuenta de que le dolían la cabeza y los hombros. Quizá era de nuevo la gravedad, después de pasar tanto tiempo en la cama—. Durante mi confinamiento, que distó mucho de ser desagradable, he tenido la oportunidad de pensar.

—¿Sí? —dijo el periodista, llenando la pausa.

—Sí. —Newton sonrió amablemente, elocuentemente, incluso felizmente hacia la cámara, hacia su hogar— . He decidido que el proyecto era demasiado ambicioso. Voy a abandonarlo.

1990:
ÍCARO SE AHOGA

1

Nathan Bryce había descubierto por primera vez a Thomas Jerome Newton a través de una cinta de fulminantes. Volvió a descubrirle a través de una grabación, que encontró tan accidentalmente como había encontrado los fulminantes, pero cuyo significado —al menos en parte— fue evidente de un modo más inmediato que el de los fulminantes. Esto ocurrió en octubre de 1990, en el drugstore Walgreen de Louisville, a unas cuantas manzanas del apartamento donde vivían juntos Betty Jo Mosher y Nathan Bryce. Hacía siete meses que Newton se había despedido, por así decirlo, a través de la televisión.

Bryce y Betty Jo habían ahorrado la mayor parte de sus salarios de la World Enterprises, y no era realmente necesario que Bryce trabajara para ganarse la vida, al menos no durante un par de años. Sin embargo, había aceptado un empleo como asesor de un fabricante de juguetes científicos: un empleo que completaba —y Bryce lo admitía con cierta satisfacción— el círculo de su carrera de químico. Una tarde regresaba de su trabajo y, camino de su casa, se paró en el drugstore. Tenía la intención de comprar un par de cordones para los zapatos, pero se detuvo junto a la puerta al ver un gran cesto de metal con grabaciones debajo de un cartel que decía: «LIQUIDACIÓN, 89 CENTAVOS». Bryce había sido siempre un cazador de gangas. Revolvió el montón de grabaciones, leyó unos cuantos títulos, hasta tropezar con uno que le llamó inmediatamente la atención. Desde que las grabaciones se habían convertido en pequeñas bolas de acero, los fabricantes solían presentarlas en cajitas de plástico atadas con una ancha cinta del mismo material. En la cinta figuraban la fotografía artística y el comentario habitualmente ridículo que se imprimían en los antiguos álbumes de vinilo. Pero la cinta de aquella grabación particular era de cartulina, y no había ninguna fotografía en ella. En una de sus caras decía: «POEMAS DEL ESPACIO EXTERIOR». Y, en el reverso: «LE GARANTIZAMOS QUE NO CONOCERÁ EL IDIOMA, ¡PERO DESEARÁ CONOCERLO! SIETE POEMAS EXTRATERRESTRES POR UN HOMBRE AL QUE LLAMAMOS "EL VISITANTE"».

Sin vacilar, Bryce llevó la grabación a la cabina de escucha, introdujo la bola en su canal y pulsó el interruptor. El lenguaje que surgió era realmente extraño: triste, líquido, con vocales arrastradas, subiendo y bajando de tono bruscamente, del todo ininteligible. Pero la voz, indiscutiblemente, era la de T. J. Newton.

Bryce sacó la bola del canal. En un extremo de la cartulina encontró lo que buscaba: «GRABADO POR "EL TERCER RENACIMIENTO", CALLE SULLIVAN VEINTITRÉS, NUEVA YORK ...»

El «tercer renacimiento» estaba en una buhardilla. Su personal consistía en una sola persona, un joven y atildado negro con un enorme bigote. Este personaje, afortunadamente, estaba de un humor expansivo cuando Bryce se presentó en la oficina. Le explicó que el «visitante» de la grabación era un rico chiflado llamado Tom no-sé-qué que vivía en alguna parte de la ciudad. Este chiflado, al parecer, había realizado personalmente la grabación y había sufragado los gastos de distribución. Podía encontrársele en una taberna situada en una esquina de la misma calle, un lugar llamado The Key and Chain...

The Key and Chain era una reliquia de los antiguos cafés que habían desaparecido en los años setenta. Con unos cuantos más había logrado sobrevivir instalando un mostrador y sirviendo licor barato. No había bongos ni anuncios de recitales de poesía —eso había pasado de moda hacía mucho tiempo—, pero había cuadros de aficionados colgados en las paredes, mesas de madera barata colocadas al azar alrededor de la sala, y unos cuantos clientes vestidos premeditadamente como vagabundos. Thomas Jerome Newton no se encontraba entre ellos.

Bryce se instaló en la barra, pidió un whisky con soda y bebió lentamente, dispuesto a esperar al menos varias horas. Pero apenas había empezado su segundo whisky cuando llegó Newton. Al principio, Bryce no le reconoció. Newton caminaba ligeramente encorvado y más pesadamente que antes. Llevaba sus habituales gafas oscuras, pero ahora se apoyaba en un bastón blanco y, lo más absurdo de todo, cubría su cabeza con un sombrero blando de color gris. Una gorda enfermera uniformada le acompañaba, cogiéndole del brazo. La enfermera le condujo a una mesa aislada en la parte de atrás de la sala, le ayudó a sentarse y se marchó. Newton miró hacia el mostrador y dijo: «Buenas tardes, señor Elbert». Y el hombre que atendía a la barra dijo: «Enseguida estaré con usted, papá». A continuación, abrió una botella de ginebra Gordon's, la colocó en una bandeja con una botella de angostura y un vaso, y llevó la bandeja a la mesa de Newton. Newton sacó un billete del bolsillo de su camisa, se lo entregó al camarero, sonrió vagamente y dijo: «Quédese con el cambio».

Bryce le contempló atentamente desde la barra mientras Newton tanteaba en busca del vaso, lo encontraba, lo llenaba hasta la mitad de ginebra y añadía un generoso chorro de angostura. No puso hielo ni removió la bebida, sino que empezó a sorberla inmediatamente. De pronto Bryce empezó a preguntarse, casi con pánico, qué iba a decirle a Newton, ahora que le había encontrado. Podía abandonar precipitadamente la barra, empuñando su whisky con soda, y decir: «He cambiado de opinión en estos últimos meses. Quiero que vengan los antheanos. He estado leyendo los periódicos y quiero que vengan los antheanos». Todo parecía tan ridículo ahora que volvía a estar realmente con el antheano... y Newton parecía ahora un ser tan patético... Aquella asombrosa conversación en Chicago parecía haber tenido lugar en un sueño, o en otro planeta.

Miró fijamente al antheano durante un espacio de tiempo que pareció muy largo, recordando la última vez que había visto el Proyecto, el transbordador de Newton, debajo del avión de las Fuerzas Aéreas que había evacuado de la sede del Proyecto en Kentucky al propio Bryce, junto con Betty Jo y otros cincuenta hombres.

Por un instante, pensando en esto, casi olvidó dónde estaba. Recordaba aquella enorme y absurda nave que habían estado construyendo en Kentucky, recordaba el placer que había encontrado en su trabajo, lo absorto que había estado resolviendo aquellos problemas de metales y cerámicas, de temperatura y presión, hasta el punto de llegar a creer que su vida estaba realmente comprometida en algo importante, algo que valía la pena. Ahora, probablemente, las piezas de la nave empezaban a oxidarse... si el FBI no lo había envuelto ya todo en materia termoplástica para archivarlo en un sótano del Pentágono.

Súbitamente, en el estado de ánimo provocado por aquellos recuerdos, Bryce pensó *¡qué diablos!*, se levantó, se dirigió hacia la mesa de Newton, se sentó y dijo con voz pausada y tranquila:

—Hola, señor Newton.

La voz de Newton pareció igualmente tranquila.

—¿Nathan Bryce?

—Sí.

—Bien. —Newton apuró el contenido del vaso que tenía en la mano—. Me alegro de que haya venido. Pensé que tal vez vendría usted.

Por algún motivo, el tono de la voz de Newton, su casual despreocupación, desconcertó a Bryce. Experimentó una súbita timidez.

—Encontré su grabación —dijo—. Los poemas.

Newton sonrió vagamente.

—¿De veras? ¿Le gustaron?

—No mucho. —Bryce había tratado de mostrarse audaz al decir aquello, pero tuvo la impresión de que había sonado malhumorado. Carraspeó—. ¿Por qué los escribió, si puedo preguntárselo?

Newton continuó sonriendo.

—Resulta asombrosa la diferencia que puede existir entre dos líneas de pensamiento —dijo—. Al menos, eso es lo que me hizo observar un hombre de la CIA. —Empezó a llenar de nuevo su vaso, y Bryce notó que su mano temblaba mientras lo hacía. Depositó la botella sobre la mesa, con el mismo temblor—. La grabación no es de poemas antheanos. Es algo así como una carta.

—¿Una carta para quién?

—Para mi esposa, señor Bryce. Y para algunas de las sabias personas de mi pueblo que me adiestraron para... para esta vida. Esperaba que podría ser emitida por radio en FM alguna vez. Entre planetas solo se capta la FM. Pero hasta ahora, que yo sepa, no ha sido emitida.

—¿Qué es lo que dice?

—Oh. «Adiós», «Iros a la mierda» y cosas por el estilo.

Bryce se estaba sintiendo cada vez más incómodo. Por un instante deseó haber traído a Betty Jo con él. Betty Jo sería maravillosa para restablecer la cordura, para hacer las cosas comprensibles, incluso soportables. Pero daba la casualidad de que Betty Jo creía estar enamorada de T. J. Newton, y eso podía complicar aún más las cosas. Permaneció en silencio, sin saber qué decir.

—Bueno, Nathan... supongo que no le importará que le llame Nathan. Ahora que me ha encontrado, ¿qué desea de mí?

Newton sonrió debajo de las gafas y del ridículo sombrero. Su sonrisa parecía tan vieja como la luna; apenas era una sonrisa humana.

Bryce se sintió súbitamente turbado por la sonrisa, por el tono de voz de Newton, grave, terriblemente cansado. Se sirvió un trago antes de contestar, haciendo tintinear inadvertidamente el gollete de la botella contra el vaso. Luego bebió, mirando fijamente a Newton, al verde liso y sin reflejos de las gafas de Newton. Sujetó el vaso con las dos manos, con los codos sobre la mesa, y dijo:

—Quiero que salve usted al mundo, señor Newton.

La sonrisa de Newton no cambió, y su respuesta fue inmediata.

—¿Vale la pena salvarlo, Nathan?

Bryce no había venido aquí para intercambiar ironías.

—Sí. —dijo—. Creo que vale la pena. En cualquier caso, yo quiero vivir mi vida.

Bruscamente, Newton se inclinó hacia adelante en su silla, mirando al mostrador.

—Señor Elbert —llamó—. Señor Elbert.

El camarero, un hombre bajito de rostro triste y chupado, despertó de sus ensueños.

—¿Sí, papá? —dijo amablemente.

—Señor Elbert —dijo Newton—, ¿sabe usted que no soy un ser humano? ¿Sabe usted que soy de otro planeta llamado Anthea y que vine aquí en una nave espacial?

El camarero se encogió de hombros.

—Algo de eso he oído —dijo.

—Bueno, lo soy y lo hice. —dijo Newton—. Oh, por supuesto que lo hice. —Se interrumpió y Bryce le miró fijamente... impresionado, no por lo que Newton había dicho, sino por el tono infantil, adolescente, de su voz. ¿Qué le habían hecho? ¿Le habían cegado únicamente?

Newton volvió a llamar al camarero.

—Señor Elbert, ¿sabe usted por qué vine a este mundo?

—No, papá —dijo—. No he oído hablar de eso.

—Bueno, vine aquí para salvarles a ustedes. —La voz de Newton era precisa, irónica, pero había en ella un asomo de histeria—. Vine para salvarles a todos ustedes.

Bryce se dio cuenta de que el camarero sonreía para sus adentros. Luego, todavía detrás del mostrador, dijo:

—Será mejor que se dé prisa, papá. Vamos a necesitar que la salvación llegue pronto.

Entonces, Newton inclinó la cabeza, sin que Bryce supiera si aquel gesto obedecía a vergüenza, desesperación o fatiga.

—Oh, sí —dijo Newton, con voz casi susurrante—. Vamos a necesitar que la salvación llegue pronto. —Luego alzó la mirada y sonrió a Bryce—. ¿Ve usted a Betty Jo? —preguntó.

La pregunta pilló desprevenido a Bryce.

—Sí...

—¿Cómo está? ¿Cómo está Betty Jo?

—Muy bien. Le echa de menos a usted. —Y luego—: Tal como ha dicho el señor Elbert, «Vamos a necesitar que la salvación llegue pronto». ¿Puede usted hacerlo?

—No. Lo siento.

—¿Hay alguna posibilidad?

—No. Desde luego que no. El gobierno lo sabe todo acerca de mí...

—¿Se lo contó usted?

—Podría haberlo hecho; pero no fue necesario. Al parecer estaban enterados de todo desde hacía mucho tiempo. Creo que fuimos muy ingenuos.

—¿Usted y yo?

—Usted. Yo. Los sabios de mi pueblo... —Suavemente, se dirigió al camarero—: Fuimos ingenuos, señor Elbert.

La respuesta de Elbert llegó con la misma suavidad.

—¿Es eso un hecho, papá? —Parecía sinceramente preocupado, como si realmente creyera, por un momento, lo que Newton estaba diciendo.

—Recorrió usted un largo camino.

—Oh, sí, lo hice. Y en una pequeña nave. Navegando, navegando... Fue un viaje muy largo, Nathan, pero pasé la mayor parte del tiempo leyendo.

—Sí. Pero yo no me refería a eso. Me refería a que recorrió usted un largo camino después de llegar aquí. El dinero, la construcción de la nave...

—Oh, gané mucho dinero. Y sigo ganándolo. Más que nunca. Tengo dinero en Louisville, y dinero en Nueva York, y quinientos dólares en el bolsillo, y una pensión del gobierno. Ahora soy ciudadano norteamericano, Nathan. Me han concedido la ciudadanía. Y quizá podría cobrar el seguro de desempleo. Oh, World Enterprises es una empresa que camina sola, sin que yo tenga que intervenir para nada, Nathan. World Enterprises.

Bryce, abrumado por la extraña manera de hablar de Newton, encontró difícil seguir mirándole a la cara, de modo que inclinó la cabeza.

—¿No puede usted terminar la nave?

—¿Cree que me lo permitirían?

—Con todo su dinero...

—¿Cree que yo lo deseo?

Bryce alzó la mirada.

—Bueno, ¿lo desea usted?

—No. —Luego, súbitamente, el rostro de Newton recobró su antigua apariencia, más serena, más humana—. Oh, sí, supongo que lo deseo, Nathan. Pero no lo suficiente. No lo suficiente.

—Entonces, ¿qué pasa con su propio pueblo? ¿Y su familia?

Newton volvió a sonreír misteriosamente.

—Imagino que todos morirán. Pero probablemente le sobrevivirán a usted.

Bryce quedó sorprendido ante sus propias palabras.

—¿Destruyeron su mente cuando destruyeron sus ojos, señor Newton?

La expresión de Newton no se alteró.

—Usted no sabe absolutamente nada acerca de mi mente, Nathan. Eso se debe a que es usted un ser humano.

—Ha cambiado usted, señor Newton.

Newton rio suavemente.

—¿En qué, Nathan? ¿He cambiado en algo nuevo, o he regresado a algo viejo?

Bryce no supo que contestar a esto, y permaneció en silencio.

Newton se sirvió otro pequeño trago y dejó el vaso sobre la mesa. Luego dijo:

—Este mundo está tan condenado como Sodoma, y yo no puedo hacer nada por arreglarlo. —Vaciló—. Sí, una parte de mi mente está destruida.

Bryce, tratando de protestar, dijo:

—La nave...

—La nave es inútil. Tenía que haber sido terminada a tiempo, y ahora no disponemos de tiempo suficiente. Nuestros planetas no se acercarán lo necesario el uno al otro hasta dentro de siete años. Ya se están separando. Y los Estados Unidos nunca me permitirían construirla. Y si la construyera, nunca me permitirían lanzarla al espacio. Y si la lanzara al espacio, detendrían a los antheanos que vinieran en ella. Y probablemente les cegarían. Y destruirían sus mentes...

Bryce terminó su bebida.

—Usted dijo que tenía un arma.

—Sí, lo dije. Estaba mintiendo. No tengo ningún arma.

—¿Por qué tenía que mentir...?

Newton se inclinó hacia adelante, apoyando cuidadosamente sus codos sobre la mesa.

—Nathan. Nathan. Entonces tenía miedo de usted. Tengo miedo ahora. He tenido miedo a todo en cada momento que he pasado en este planeta, en este monstruoso, bello y aterrador planeta, con todos sus extraños animales y su agua abundante, y todos sus seres humanos. Tengo miedo ahora. Tendré miedo hasta que muera, aquí.

Hizo una pausa, y al ver que Bryce no decía nada continuó:

—Nathan, piense en lo que representa vivir con los monos durante seis años. O vivir con los insectos, vivir con las brillantes, atareadas y estúpidas hormigas.

La mente de Bryce se había aclarado considerablemente en los últimos minutos.

—Creo que está usted mintiendo, señor Newton. Nosotros no somos insectos para usted. Tal vez lo fuimos al principio, pero ya no lo somos.

—Oh, sí, les aprecio a ustedes, desde luego. A algunos de ustedes. Pero no dejan de ser insectos. Sin embargo, puedo ser más semejante a ustedes que a mí mismo. —A su rostro asomó su antigua e irónica sonrisa—. Después de todo, ustedes los humanos son mi campo de investigación. Les he estudiado a ustedes toda mi vida.

Bruscamente, el camarero les llamó:

—¡Eh, caballeros! ¿Desean vasos limpios?

Newton vació el suyo.

—Sí, señor Elbert —dijo—. Tráiganos dos vasos limpios.

Mientras el señor Elbert limpiaba la mesa con un gran trapo color naranja, Newton dijo:

—Señor Elbert, he decidido no tratar de salvarnos después de todo.

—Es una mala noticia —dijo Elbert—. Lamento oírlo.

—Es una lástima, ¿verdad? —Newton palpó en busca de la botella de ginebra, que Elbert había cambiado de lugar; la encontró, escanció ginebra. Mientras la escanciaba, dijo—: ¿Ve usted a Betty Jo con frecuencia, Nathan?

—Sí. Betty Jo y yo vivimos juntos ahora.

Newton sorbió su ginebra.

—¿Como amantes?

Bryce rio suavemente.

—Sí, como amantes, señor Newton.

El rostro de Newton se había hecho impasible, con la impasibilidad que Bryce había aprendido a reconocer como una máscara para sus sentimientos.

—Entonces, la vida continúa.

—Bueno, ¿qué diablos esperaba usted? —dijo Bryce—. Desde luego que la vida continúa.

Súbitamente, Newton empezó a reír. Bryce quedó asombrado; nunca había oído reír a Newton. Luego, todavía temblando después de la explosión de risa, Newton dijo:

—Es una buena noticia. Betty Jo no se sentirá sola ahora. ¿Dónde está?

—En casa, en Louisville, con sus gatos. Probablemente borracha.

La voz de Newton había recobrado la firmeza.

—¿La ama usted?

—No trate de hacerse el tonto —dijo Bryce. No le había gustado la risa—. Betty Jo es una buena mujer. Yo soy feliz con ella.

Ahora Newton sonrió afablemente.

—No malinterprete mi risa, Nathan. Creo que es estupendo para ustedes dos. ¿Están casados?

—No. He pensado en eso.

—Por lo que más quiera, cásese con ella. Cásese con ella y llévela de viaje de luna de miel. ¿Necesitan dinero?

—No es por eso que no me he casado con ella. Pero un poco de dinero nos vendría muy bien, sí. ¿Me lo daría usted?

Newton rio de nuevo. Parecía sinceramente complacido.

—Desde luego que sí. ¿Cuánto quiere?

Bryce bebió un sorbo de ginebra.

—Un millón de dólares.

—Le extenderé un cheque. —Newton palpó en el bolsillo de su camisa, sacó un talonario de cheques y lo depositó sobre la mesa. Era del Chase Manhattan Bank—. Yo solía ver aquel programa sobre el cheque de un millón de dólares en la televisión —dijo—. En Anthea. —Extendió el talonario hacia Bryce—. Rellénelo usted, y yo lo firmaré.

Bryce sacó su bolígrafo Woolworth de su bolsillo y escribió su nombre en el cheque y la cifra $1.000.000. Luego escribió cuidadosamente, «un millón de dólares». Empujó el talonario a través de la mesa.

—Ya está —dijo.

—Tendrá usted que dirigir mi mano.

De modo que Bryce se levantó, caminó alrededor de la mesa, colocó el bolígrafo en la mano de Newton y lo sostuvo mientras el antheano escribía Thomas Jerome Newton con una caligrafía clara y firme.

Bryce guardó el cheque en su cartera.

—¿Recuerda usted —dijo Newton— una película que pasaron en televisión? *Carta a tres esposas*.

—No.

—Bueno, yo aprendí a escribir en inglés a partir de una fotografía de aquella carta, hace veinte años, en Anthea. Recibimos muy bien, por varios canales, aquella película.

—Tiene usted una hermosa caligrafía.

Newton sonrió

—Desde luego. Los antheanos lo hacíamos todo muy bien. No pasábamos nada por alto, y yo trabajé duro para convertirme en una imitación de un ser humano. —Newton giró su rostro hacia el de Bryce, como si realmente pudiera verle—. Y vaya si lo conseguí.

Bryce, sin decir nada, regresó a su asiento. Tenía la impresión de que debía demostrar simpatía, o algo, pero no sentía absolutamente nada. De modo que permaneció callado.

—¿A dónde irán Betty Jo y usted con el dinero?

—No lo sé. Tal vez al Pacífico, a Tahití. Probablemente nos llevaremos un acondicionador de aire.

Newton estaba empezando a sonreír de nuevo con su sonrisa de luna, su misteriosa sonrisa antheana.

—¿Y pasar el día borrachos, Bryce?

Bryce se encogió de hombros, intranquilo.

—Podríamos probar eso —dijo. En realidad no sabía lo que iba a hacer con un millón de dólares. Se supone que la gente se pregunta a sí misma qué haría si alguien les regalara un millón de dólares, pero Bryce no se lo había preguntado nunca. Tal vez irían a Tahití y se

dedicarían a emborracharse en una choza, si es que quedaban chozas
en Tahití. Si no, siempre podrían hospedarse en el Tahití Hilton.

—Bien, les deseo mucha suerte —dijo Newton. Y luego—: Me alegro de haber podido hacer algo con mi dinero. Tengo una cantidad de
dinero espantosa.

Bryce se puso en pie para marcharse, sintiéndose cansado y un
poco borracho.

—¿No hay ninguna posibilidad?

Newton sonrió de un modo más extraño aún que antes; la boca,
debajo de las gafas y del sombrero, era como una línea torpemente
curvada en un dibujo hecho por un niño de una sonrisa.

—Desde luego, Nathan —dijo—. Desde luego que hay una posibilidad.

Debido a las gafas oscuras, Bryce no podía ver los ojos de Newton,
pero le pareció como si Newton estuviera mirando a todas partes.

—Lo que el agua trae, el agua lleva, Nathan —dijo—. Lo que el
agua trae, el agua lleva.

Newton empezó a temblar. Su anguloso cuerpo se inclinó hacia
adelante, y el sombrero de fieltro cayó sobre la mesa, dejando al descubierto sus cabellos blancos como la tiza. Luego su cabeza antheana
cayó sobre sus esqueléticos brazos antheanos, y Bryce vio que estaba
llorando.

Por un instante Bryce permaneció inmóvil, contemplando
a Newton. Luego caminó alrededor de la mesa y, arrodillándose,
pasó su brazo a través de la espalda de Newton y le abrazó suavemente, sintiendo que el ligero cuerpo temblaba en sus manos como
el cuerpo de un delicado pájaro que aleteara angustiado.

El camarero se había acercado y, cuando Bryce alzó la mirada, dijo:

—Parece que este individuo necesita ayuda.

—Sí —dijo Bryce—. Sí, creo que la necesita.

ÍNDICE

31901062672300